I0650052

ROLAND YORKE

PAR

Mʳˢ HENRY WOOD

TRADUIT DE L'ANGLAIS

PAR

Mᵐᵉ ABRIC-ENCONTRE

TOME SECOND

PARIS

GRASSART, LIBRAIRE-ÉDITEUR

2, RUE DE LA PAIX, 2

1872

ROLAND YORKE

386

74563

Y

SAINT-DENIS. — TYPOGRAPHIE DE A. MOULIN.

ROLAND YORKE

PAR

 Mᴿˢ HENRY WOOD

TRADUIT DE L'ANGLAIS

PAR

Mᵐᵉ **ABRIC-ENCONTRE**

TOME SECOND

PARIS

GRASSART, LIBRAIRE-ÉDITEUR

2, RUE DE LA PAIX, 2

1872

(cachet de bibliothèque)

ROLAND YORKE

CHAPITRE XIX.

LES PLAISIRS DE L'AUTOMNE.

L'été avait pris fin, dispersé par la chaleur, le monde élégant visitait les châteaux ou parcourait les villes de bains. M. et Mme Greatorex étaient depuis le mois d'août en Suisse où Louisa étalait ses toilettes sans se préoccuper du déclin graduel que subissait la santé de son mari. Lorsque M. Greatorex, véritablement inquiet sur le compte de son fils, l'avait supplié de voyager pour se distraire, Bede avait obéi passivement et il se laissait traîner de ville en ville, selon les caprices de Louisa, sans manifester la moindre répugnance mais aussi sans éprouver le plus lé-

ger soulagement. Louisa voulut séjourner à
Paris, Bede l'y suivit sans se plaindre et solda
même, sans se permettre un mot de reproche,
les notes effrayantes que lui présentèrent les
marchands de robes et de bijoux.

En l'absence de Mme Bede, la maison Greatorex jouit d'une tranquillité qui lui était depuis
longtemps étrangère; Frank, le plus jeune fils
de M. Greatorex, était aussi en voyage et la
petite Jeanne seule se trouvait au logis avec
Miss Channing. La douce et bonne jeune fille
entourait le vieillard de déférence et de respect;
il se sentait revivre loin des dîners somptueux et
bruyants qu'organisait journellement Louisa;
chaque soir, Henry Ollivera ou Roland Yorke
venaient sans façon prendre le thé avec lui et
jeter un peu d'animation dans ses paisibles
soirées.

Si Roland était resté à Londres, son frère Gérald n'en avait pas fait autant. Il avait trouvé
moyen de se rendre agréable à un jeune lord qui
l'avait invité dans sa résidence d'été et lui procu-
rait le double avantage de faire des parties en
yacht et de fuir ses créanciers. Sa satisfaction
était complète; traité royalement par son hôte il

savourait le charme d'une vie fastueuse et comme sir Richard lui avait avancé quelques centaines de francs, il se trouvait en fonds et avait cru faire un acte de désintéressement exagéré en donnant à Winifred une petite partie de cette somme.

— Maintenant, Winny, avait-il dit en partant, que mes paroles soient bien comprises : je serai absent cinq semaines environ, *il faut* que les trois cents francs que je vous laisse payent le loyer, la nourriture et les vêtements jusqu'à mon retour; de plus *j'entends* trouver entre vos mains plus de cent francs de reste.

Qu'aurait dit Gérald s'il eût appris ce qui se passait chez lui pendant qu'il fumait son cigare dans le yacht de son nouvel ami? Quelle eût été sa colère s'il avait vu la malheureuse Winifred, terrifiée par les menaces des créanciers, payant les notes qui venaient à la file! Les choses allèrent ainsi jusqu'au jour où arriva une facture de dix francs, et dix francs composaient tout l'actif de la pauvre Winifred. Criant et pleurant comme une folle, elle mit sa dernière pièce d'or dans la main du créancier et cacha sa figure dans ses mains en gémissant sur le sort de ses en-

fants. Le créancier fut touché, il remit les dix
francs sur la table et se retira sans dire un mot.
Dix francs pour vivre trois semaines ! L'hôtesse
réclamait son loyer, la bonne voulait ses gages,
Winny perdit la tête et courut chez ses infati-
gables amis. Ellen la reçut avec sa bienveillance
habituelle, cependant elle commençait à trouver
le fardeau un peu lourd. Parfois elle éprouvait
une certaine irritation en voyant que les pres-
sants appels de Winifred enlevaient à son propre
ménage des ressources qui lui eussent été bien
nécessaires. A force de travail, Albert maintenait
sa maison sur un pied confortable, mais il aurait
eu besoin de repos d'abord, puis de mille petites
gâteries qu'il se refusait afin de secourir l'épouse
abandonnée de Gérald. Il allait à pied, même
pour de très-longues courses, il se contentait
à son bureau d'un biscuit alors qu'un bon
repas lui eût été nécessaire et il cachait à
tous les yeux les sacrifices qu'il s'imposait. Sa
conscience, délicate à l'excès, lui reprochait les
conseils si pleins de bonne affection qu'il avait
dû donner à Gérald, il lui semblait qu'en lui
parlant d'échecs probables dans sa carrière d'é-
crivain il avait accepté une part de responsabi-

lité dans sa situation, et il avait caressé dans son cœur un projet que sa cruelle déception venait de détruire. Il s'était dit que, dès que son livre lui aurait rapporté tout ce qu'il en attendait, il solderait l'arriéré de Gérald et le mettrait en état de commencer tout à nouveau une vie sage et agréable. Avec ses propres espérances tombèrent ses généreuses intentions, mais non l'empressement que lui et sa femme mettaient à soulager Winifred. Ce fut donc avec une sincère sympathie qu'Ellen reçut Winny et, quoique effrayée en songeant aux proportions que prenait son budget, elle envoya les petites filles jouer avec Ella et pria leur mère d'attendre le retour d'Albert.

Ce même jour elle avait supplié son mari de s'accorder un peu de repos, lui demandant, comme une faveur personnelle, d'aller au bord de la mer, ne serait-ce que pour huit jours. Il avait refusé en disant qu'il avait trop à faire ; il se garda bien d'ajouter que ses chefs lui avaient offert quelques semaines de liberté et qu'il y avait renoncé faute d'argent pour faire un voyage. Un autre employé accepta le congé et il n'en fut plus question.

Lorsqu'il rentra pour dîner, Ellen courut au-
devant de lui et fut accueillie avec un gai sourire
qu'elle ne lui avait pas vu depuis longtemps. Elle
le suivit dans sa chambre et lui raconta les
nouvelles détresses de Winny et de ses enfants.

— Dieu merci, nous pouvons les tirer de là,
dit vivement Albert, j'ai eu une bonne aubaine
aujourd'hui. Te rappelles-tu Martin Pope, ce
brave garçon d'Helstonleigh qui, dans un moment où ses affaires allaient à la dérive, m'en-
prunta mille francs? Pauvre Martin, il est de la
plus exquise probité! J'avais tout à fait oublié
cette dette et ce matin il m'a apporté cinq cents
francs, me remerciant de ce que je ne l'ai jamais
tourmenté à ce sujet.

Albert interrompit sa toilette et ouvrit son
portefeuille.

— Regarde, Ellen, je suis fier comme un collégien qui a pour la première fois vingt sous
dans sa poche! Vois, cinq billets de cent francs!
Nous pouvons aider Winifred.

— Et tu peux faire un voyage.

— Il est trop tard, je ne puis m'absenter cette
année. Cela t'afflige, Ellen? Va donc avec Ella
au bord de la mer.....

— Non, certes, interrompit Mme Channing presque fâchée, je ne m'en souciais que pour toi ! En disant ces mots elle mit sa main sur l'épaule d'Albert et considéra avec anxiété ses traits fatigués. Le changement n'était pas très-sensible, mais elle ne pouvait chasser une certaine tristesse qui lui montait au cœur sans qu'elle put en préciser les motifs.

Mme Channing retourna auprès de Winny et Albert acheva sa toilette. Dès qu'il fut prêt il ouvrit la fenêtre et respira l'air un moment. Sa main amaigrie soulevait le rideau et ses traits, maintenant que nul ne pouvait les voir, avaient une expression de douleur profonde mais résignée. Il n'était plus le même homme; il ne se plaignait pas, il n'avouait pas les angoisses que lui causaient les journaux en vogue en déchirant son œuvre comme s'ils s'étaient tous donné le mot, mais sa carrière lui paraissait brisée, son travail journalier lui semblait un pesant fardeau. Un malaise indéterminé, un mal ignoré de lui-même, le minait sourdement; ses pas devenaient moins rapides, sa voix était plus faible, son sourire prenait chaque jour une plus ineffable douceur. Gérald pouvait oublier ses soucis dans le

bruit des plaisirs frivoles, Albert n'était pas de
la même trempe; pour lui l'épreuve était un
appel de plus vers le travail et le sérieux de la
vie; il redoublait donc d'ardeur, malgré sa lassitude croissante, mais si un des volumes de
son œuvre méconnue venait à frapper ses regards, une douleur aigüe lui traversait le cœur.
Parfois, dans ses moments de rêverie, une voix
mystérieuse lui disait que le jour du triomphe
ne tarderait pas à venir, une vision faisait passer
devant ses yeux la couronne de laurier destinée
au front du vainqueur, mais il repoussait cette
gloire toute mondaine, une espérance plus pré-
cieuse se présentait à ses vœux.

Plus que jamais la pensée de la couronne que
le monde ne peut flétrir vint réjouir le cœur
d'Albert alors que debout devant la fenêtre il
suivait du regard les légers nuages roses que les
rayons du couchant parsemaient de reflets d'or.
Le ciel était embrasé, le soleil disparaissait lentement et se plongeait dans des flots de lumière
qui semblaient être les courtines d'un monde
éblouissant de clarté. — Un monde de paix
et de lumière, pensa Albert, un monde d'où
les larmes seront bannies, où l'amertume, l'en-

vie et le chagrin ne trouveront jamais accès !

Il réprima un soupir qui était presque un san-
glot, ce monde à venir était l'objet de ses rêves,
il lui tardait d'y être recueilli loin des épreuves
qui assombrissaient sa vie. Il resta longtemps
absorbé ; sa bague, tombant de ses doigts amai-
gris, roula sur le parquet et le tira de sa rêverie.
C'était déjà la troisième fois qu'elle tombait en-
traînée par son propre poids. Il prit un peu de
soie dans la boîte à ouvrage d'Ellen et la tourna
autour de sa bague jusqu'à ce qu'il en eût dimi-
nué la largeur. Cette bague avait appartenu à
son père, la perdre eût été pour lui un vrai chagrin ; il la remit soigneusement à son doigt et
descendit pour dîner, mais avant il entra dans la
chambre d'Ella où il fut reçu avec des cris de
joie par sa fille et ses amies. Il caressa toutes ces
petites filles, demanda si on leur avait servi un
bon goûter et si elles s'amusaient bien, puis il
descendit au salon où, par quelques mots pleins
de délicatesse, il calma les tourments de Winifred en lui promettant de lui venir en aide jusqu'au retour de Gérald.

Et c'était pour nuire à cet ami si généreux que
Gérald, agissant dans l'ombre comme le font

1.

toujours les lâches et les méchants, avait mis en
œuvre la calomnie et les plus perfides insinua-
tions.

Gérald revint à Londres dans un état de prospérité relative qui épargna bien des peines à Winifred. Le jeune Lord qu'il venait de quitter était
tombé dans ses filets et lui avait prêté une certaine somme. Gérald reprit son appartement de
garçon, fit de joyeuses parties avec ses frivoles
amis et se montra moins fâché qu'il ne l'avait
annoncé en retrouvant Winifred sans un centime. Elle eut probablement été traitée avec la
dernière rigueur si son mari était revenu la
poche vide; elle n'échappa que difficilement
à sa colère qu'elle attira, du reste, par des reproches intempestifs. N'ayant pas plus de bon
sens que la petite Rosy, elle accueillit Gérald
par des cris et des lamentations, racontant
l'état affreux dans lequel elle s'était trouvée
lorsque sa dernière pièce d'or eut passé entre les
mains des créanciers.

Gérald demanda, en ornant son discours de
mots qu'il serait peu édifiant de répéter, comment elle avait fait pour vivre puisqu'elle avait
sottement dépensé tout son avoir. Winny répon-

dit en frissonnant que *sa mère* lui était venue
en aide. Elle savait que le nom seul des Channings mettait son mari dans de terribles colères,
elle eut la lâcheté de mentir plutôt que d'avouer
les bontés inépuisables qu'avaient pour elle
Ellen et Albert. Gérald réfléchit un instant, il
connaissait les modiques ressources de sa belle-
mère, il se demandait comment elle avait pu
envoyer de l'argent à sa fille, mais bientôt il se
dit qu'en se réduisant au pain et à l'eau elle
avait sans doute réuni quelques francs et, sans
écouter les supplications de Winny qui lui
demandait un peu d'argent pour le rembourser
à *sa mère*, il partit tout rassuré.

Par une coïncidence qui lui déplut particulièrement, Gérald rencontra M. Channing à dix
pas de la maison et il dût avaler d'aussi bonne
grâce que possible les paroles affectueuses qu'il
lui adressa. Froissé de s'entendre féliciter sur
une prospérité dont lui seul connaissait le néant,
il évita la main que lui tendait Albert et s'enfuit prétendant qu'il était attendu ailleurs. Il
était pressé de fuir le regard confiant et les
témoignages d'affection d'un homme auquel, en
ce même instant, il faisait tant de mal. Son

malaise était rendu plus pénible encore par la
conviction où il était que ce mal, quoique réel,
serait passager, car l'œuvre d'Albert était re-
marquable, il sentait qu'elle remonterait un
jour au rang qui lui était dû. Quand sa conscience
se réveillait, elle lui disait que le livre d'Albert était excellent et que le sien ne valait rien,
mais cette pensée ne servait qu'à allumer dans
son âme la plus basse jalousie. Un amer désappointement était venu le troubler dès son retour
à Londres; il avait couru chez son éditeur,
comptant y trouver une bonne somme; non-
seulement on n'eut pas un centime à lui remettre, mais il fut reçu avec une froideur voisine
de l'impolitesse. Les articles qui montaient
l'ouvrage aux nues avaient amené un certain
débit pendant les premiers jours, mais à mesure
que le livre s'était répandu, des voix nombreuses
s'étaient élevées pour le proscrire. Chaque jour
les dépositaires qui, sur la foi des journaux,
avaient cru mettre la main sur une mine
d'or, renvoyaient les ballots intacts et décla-
raient ce roman indigne d'être vendu. L'éditeur
fut assailli de réclamations, on l'accusait de
complicité avec l'auteur pour tendre un piége

à la crédulité du public ; avant de s'enseve-
lir dans l'oubli, ce livre soulevait l'indigna-
tion générale ; Gérald était un auteur tombé,
perdu à tout jamais dans l'opinion même des
moins délicats.

Gérald sortit du magasin à demi-fou de colère ;
ce que venait de lui dire son éditeur le froissait au-
delà de toute expression. Rentré dans sa chambre,
il chercha vainement à se persuader que son talent n'était pas imaginaire, malgré lui il se disait
qu'Albert avait eu raison en lui conseillant,
d'une manière si douce et si fraternelle, de ne
pas publier son roman ; cette pensée redoubla
sa fureur, il bondit dans sa chambre et frappa
du pied en jurant qu'il donnerait la moitié de
sa vie pour jeter au fond de la mer l'éditeur, le
public et Albert Channing par dessus le marché.

CHAPITRE XX.

ARTHUR ET ROLAND.

Pendant que chacun voyageait pour se distraire, Roland consacrait au travail toutes ses journées et, en vérité, ceux qui auraient pu établir une comparaison entre ses dispositions actuelles et celles qui l'animaient lorsqu'il était clerc chez M. Galloway, ne l'auraient pas reconnu. Une véritable activité avait remplacé son ancienne nonchalance. Quelquefois, il faut bien l'avouer, la nature première cherchait à se faire jour, l'étourderie, combattue à grand peine, reprenait le dessus, mais ces bévues devenaient chaque jour plus rares et les économies de Roland s'en ressentaient, car il avait déjà confié à Mme Jones une cinquantaine de francs !

Un soir d'octobre, au moment où Roland allait s'établir à son ouvrage, il trouva sur sa table une lettre que le courrier venait d'apporter. Elle avait le timbre d'Helstonleigh, il n'en fallait pas plus pour que Roland déchirât l'enveloppe en mille pièces tant il était pressé de l'ouvrir. A peine y eut-il jeté un coup d'œil qu'il s'élança vers la porte en poussant un si formidable hourra que le Révérend Ollivera bondit dans sa chambre, croyant que le feu était à la maison.

Le laissant à ses terreurs, Roland saisit son chapeau, oublia son thé qu'on préparait, bouscula Mme Jones qui accourait tout effrayée, et s'élança comme un trait dans la direction du chemin de fer.

Avec quelle joie il se répétait à lui-même que cette fois c'était une réalité, qu'il allait avec certitude au-devant de son cher Arthur, de son meilleur ami, de celui qui était, à ses yeux et non sans raison, un jeune homme digne de toute la confiance de ses proches et de ses amis. Son bonheur était tel, sa course était si rapide, que les gens étonnés se retournaient sur son passage et que les enfants le suivaient à toutes jambes, croyant avoir affaire à un fou ou à un coureur public.

Le train sifflait au moment où Roland arriva à la gare tout haletant; en dépit des cris des employés et sans s'inquiéter des regards curieux que lui jetèrent les voyageurs étonnés, il courut sur la voie, ouvrit la portière pendant que le wagon roulait encore et, les yeux humides d'émotion, il regarda avec extase Arthur qu'il avait reconnu au premier coup d'œil. La main dans la main les deux amis restèrent un moment sans parler; ils s'étaient quittés encore adolescents, ils se retrouvaient changés à bien des égards mais, du moins, Roland retrouvait le regard doux et profond, l'expression calme et sereine dont le souvenir l'avait suivi comme un rêve béni dans son rude et lointain exil.

Une véritable joie remplissait le cœur d'Arthur, chez Roland elle était mêlée de remords et de honte; ils se taisaient tous deux, se contentant de se serrer la main et ne se préoccupant en aucune manière de l'attention que réveillait leur station prolongée à côté du wagon.

— Arthur! mon bon ami! dit Roland dès

qu'il put retrouver l'usage de la parole, si on pouvait mourir de joie je serais déjà mort, assurément! Combien de fois n'ai-je pas soupiré après l'heureux moment où je pourrais causer avec vous tout à mon aise! Partons, nous bavarderons en chemin. Allons vite chercher vos bagages.

— Mes bagages se réduisent à un sac de nuit, répondit Arthur en souriant, et je crois qu'il est perdu, car on n'a pas pu le retrouver quand j'ai quitté le train de Birmingham.

— Qu'avez-vous été faire à Birmingham?

— Une commission pour M. Galloway.

— C'est cela! toujours esclave de ce maître et seigneur! C'est encore pour lui plaire, sans doute, que vous arrivez par ce train omnibus qui ne va pas plus vite qu'une carriole?

— C'est le seul que j'aie pu prendre après avoir terminé mon affaire à Birmingham.

— Toujours pour Galloway, vous le voyez bien. A propos, a-t-il toujours ses boucles jaune tendre?

— Oui, mais elles commencent à devenir un peu clair-semées.

— Allons, allons, nous causerons de tout cela

en route, mais, dites donc qu'est-ce que ce panier que vous portez si précieusement?

— Je crois que ce sont des raisins; votre mère me les a remis pour les enfants de Gérald; je voudrais les leur porter tout de suite; voulez-vous que nous prenions un fiacre?

— En route! Parlons d'Helstonleigh; d'abord, comment vont nos deux mères?

— La vôtre est très-bien; la mienne nous donne un peu d'inquiétude; vous ne la reconnaîtriez pas, Roland, tant elle est changée depuis la mort de mon père. Je vous apporte ses compliments et ceux de nos deux familles. Mais où sommes-nous? N'allons-nous pas chez Gérald?

— Je me suis bien gardé de donner son adresse; nous allons chez sa femme, sans cela ces pauvres mignonnes fillettes ne goûteraient pas un seul grain de raisin, ils seraient tous avalés par les illustres amis de Gérald. Sans Ellen et Albert, Winny et les enfants n'auraient pas mangé un bon morceau depuis leur arrivée à Londres.

— Je ne comprends pas bien, Roland. Vous ne voulez pas dire que Gérald et sa femme ont deux appartements distincts? Cela me paraîtrait aussi singulier que dispendieux.

— Tout juste; Gérald aime le luxe et se traite comme un prince sans s'inquiéter de ses enfants. Vous n'avez pas d'idée comme il est devenu grand seigneur; il ne daigne pas me saluer quand il me rencontre. Il est égoïste comme un hibou et il l'a toujours été, vous le savez bien.

— Mais, Roland, vous êtes son frère !

— Les liens de famille ne comptent guère avec lui; croiriez-vous qu'il me jette encore à la tête ma déplorable affaire.... le billet Galloway !... Il m'a dit cela en face un jour où je l'ai rencontré chez Winifred. Avez-vous lu son fameux roman?

— Oui, répondit Arthur en hésitant, et vous?

— J'ai essayé, je n'ai pas pu. Je me suis imposé la tâche d'aller au bout du premier volume, mais j'ai jeté le livre sans pouvoir aller plus loin. Cela n'a ni tête ni queue. Je sais bien que je n'y entends rien et qu'à Port-Natal j'ai oublié le peu de littérature que je savais, mais, à mon avis, cet ouvrage ne vaut rien et il est dangereux, par-dessus le marché. Quant aux

articles qui l'ont encensé, Gérald m'en a-t-il
corné les oreilles! S'ils eussent été des plumes
de paon il les aurait mis à son chapeau. Par
exemple, si son livre ne vaut rien, j'en ai lu un
autre qui est un chef-d'œuvre et j'ai pleuré en
le lisant parce qu'il vous émeut et vous donne
envie de devenir meilleur : c'est le livre
d'Albert.

La joie qui brilla dans les yeux d'Arthur était
mêlée de tristesse.

— J'ai béni Dieu, dit-il, de ce qu'il s'est trouvé
un homme capable d'écrire et de penser ainsi et
j'en dirais autant si l'auteur m'était étranger,
mais ces *Revues !*

— Pas un mot là-dessus, reprit Roland avec
angoisse, lorsque je suis auprès de votre frère et
que le souvenir de ces indignes pages me revient, la sueur me monte au front. Je ne lui en
ai pas soufflé un seul mot mais, Arthur, si jamais je deviens riche, je poursuivrai en diffa-
mation les lâches directeurs qui ont inséré de
pareilles sottises.

— Il y a quelque chose là-dessous; un article
n'attend pas l'autre; depuis cette écrasante critique du *Snarler*, tous les journaux se sont don-

nés le mot pour accabler le livre d'Albert; je suis consterné de cette unanimité de désapprobation.

— Oh ! ces lâches accusateurs ! cria Roland en accompagnant ses paroles de vigoureux coups de pied contre le fond de la voiture. Misérables reptiles ! Si je les tenais je leur ferais faire un joli plongeon dans la rivière, je vous en réponds !

— Une chose me surprend, dit Arthur d'un air pensif, les journaux qui ont monté votre frère aux nues sont les mêmes qui ont accablé le mien; on dirait qu'il y a eu gageure d'abaisser l'un et de prôner l'autre. Ce que je ne comprends pas, c'est que le public se laisse égarer avec tant de crédulité.

— Justement ce qu'a dit mon vieux Greatorex ! Il a lu les deux livres et toutes les critiques. Il déclare que ces critiques sont un péché, une honte et un imbroglio qui l'intrigue, mais il a son idée à lui (c'est Annabel qui m'a conté tout cela), il prétend que le public finira par voir clair, que le livre d'Albert sera bientôt dans les mains de tout le monde et que celui de Gérald est déjà presque oublié. Dès que je sus cela, je courus le dire à votre frère pour le remonter.

— Cela dût lui faire plaisir.

— Plus ou moins ; on aurait dit que le succès ne lui tient plus à cœur ; il me regarda avec un sourire plein de tristesse, en me disant : Peut-être que cela arrivera un jour !

— Que parlez-vous de triste sourire ? Ne vous souvenez-vous plus que chez nous mon frère n'est connu que sous le nom de *joyeux Albert ?*

— Je le sais, mais il est changé. Déjà, avant la publication de son livre, il était un peu affaibli ; depuis, le déclin est très-sensible. Arthur, je ne le dirais à nul autre qu'à vous, pas même à Annabel, mais ces *Revues* ont fait tout le mal.

— Vous croyez ?

— J'en suis sûr ; elles lui ont enlevé toute sa gaîté. Voyons, mon cher ami, ne vous effrayez pas, il en reviendra ! Il me semble qu'il serait plus tôt guéri si je pouvais découvrir celui qui l'a dénigré et si j'avais les moyens de le secouer à ma guise !

— On ne peut jamais dire ce qu'on ferait à la place des autres, cependant il me semble que si j'avais écrit un livre tel que celui de mon frère, je ne me laisserais pas abattre à ce point par des critiques dont je reconnaîtrais la fausseté.

— Pour moi, je n'y penserais pas un instant, dit Roland avec conviction. Les journaux pourraient dire mille sottises sur mes faits et gestes à Port-Natal et en envoyer à Annabel un exemplaire imprimé en grosses lettres, que je n'en aurais pas pour deux minutes de chagrin. — Dans tout ça, mon cher Arthur, vous ne m'avez pas dit pour combien de temps vous êtes à Londres ?

— Cela dépend de mon frère Charles ; il doit avoir débarqué à Marseille à l'heure qu'il est ; je trouverai sans doute à l'hôtel une lettre de lui qui décidera de mes mouvements ; s'il est assez bien pour jouir un peu de son voyage, il doit s'arrêter à Paris ; en tous cas, je ne retourne pas sans lui à la maison, M. Galloway me permet de l'attendre ici.

— Condescendance inusitée ! Êtes-vous bien chez lui, Arthur ?

— Fort bien ; je suis son associé et il compte se retirer bientôt en me laissant son étude.

— Ce Galloway ! Dites-donc, Arthur, je jurerais qu'il va trouver moyen de vous tailler de la besogne pour le temps que vous passerez ici ?

— C'est vrai, répondit Arthur en riant, je serai pris demain toute la journée pour régler les affaires de l'étude et j'ai plusieurs comptes à payer.

— Des comptes à payer ? Galloway vous aura chargé de solder ses créances particulières ! Et où est l'argent ?

— Ici, dit Arthur montrant la poche de côté de son paletot.

— Puisse-t-on vous le voler cette nuit ! C'est une indignité, c'est une honte ! Galloway me gruge même le petit bout de temps que je comptais passer avec vous. Moi qui voulais demander un jour de congé afin de vous promener un peu partout !

— Ne vous tourmentez pas, cher Roland, cela pourra se faire.

— Il le faut bien, j'ai tant de choses à vous dire ; en particulier au sujet d'Annabel, mais ne me laissez pas entamer ce sujet car nous voilà chez Winifred. Oh! Arthur, mon bon Arthur, je suis si confus que je n'ose pas vous regarder !

— Pourquoi ?

— Je n'ai pas sur moi de quoi payer le fiacre ! Oh! quelle humiliation ! Moi qui pensais, à notre première entrevue, vous faire monter dans une calèche à quatre chevaux avec des laquais de tous les côtés ! Je voudrais avoir un palais pour vous y conduire et je n'ai absolument rien !

Le bon regard d'Arthur rayonna d'une sincère affection.

— Tant que je vous ai vous-même, dit-il, je ne me soucie pas d'autre chose ; ne vous inquiétez pas, mon cher ami, j'ai de quoi payer les petites dépenses que nous ferons ensemble.

— Cela ne m'empêche pas d'être mortifié. Il n'en faudrait pas plus pour me faire retourner à Port-Natal. La mère J. a bien quelques pièces d'or qui m'appartiennent, mais j'ai oublié de les lui réclamer.

La voiture s'arrêta ; Roland saisit le panier et monta en courant chez sa belle-sœur.

— Voilà des raisins, cria-t-il en entrant ; ma mère les envoie à Gérald ; dépêchez-vous de les donner aux fillettes. Holà ! qu'avez-vous à pleurer, Winifred ?

— Je suis si seule, si triste ! Gérald nous délaisse tout à fait ; ce soir il donne un dîner chez lui.

— Que j'ai donc bien fait d'apporter ici les raisins ! En conscience, si j'avais femme et enfants et que je les abandonnasse pour aller boire avec mes amis, je voudrais qu'on me pendit. — Allons, un peu de courage ; Kitty, Fredy, Rosy, mes petits chats, dites à maman de vous donner des raisins.

— Je n'oserais pas ouvrir ce panier quand je devrais mourir de faim, balbutia Winifred pendant que Roland descendait aussi vite qu'il était monté et reprenait sa place à côté d'Arthur.

Les deux amis allèrent ensemble chez M. Channing où la présence d'Arthur occasionna une joyeuse surprise, car Roland seul avait eu connaissance du moment de son arrivée. Le plaisir qu'éprouva M. Channing en revoyant son frère lui causa une animation qui, pour un moment, fit espérer à Arthur que Roland avait exagéré le mal, mais bientôt une pâleur maladive vint remplacer l'éclat passager de ses traits, et sa main fébrile, sa voix faible, son air languissant, firent tressaillir Arthur. Il abrégea sa visite et, malgré les supplications de son frère et d'Ellen qui auraient voulu le loger chez eux, il retourna à son hôtel en promettant de revenir le lendemain.

— Tu m'auras plus que tu ne voudras, dit-il en riant pour cacher son trouble. J'attends Charles et me voilà sans doute à Londres pour une quinzaine de jours.

Dès qu'il fut seul avec Roland, Arthur exprima la consternation que lui causait le changement subi par Albert. Aussi attristé que lui, Roland resta silencieux jusqu'au moment où son ami voulut rentrer à l'hôtel pour écrire quelques lettres.

— Elles sont donc bien pressées ? dit Roland comme s'il en eût été jaloux, faut-il qu'elles me privent de vous ? Pour qui sont-elles et à quoi doivent-elles être bonnes ?

— Elles sont destinées à quelques-uns de nos clients et je vais leur désigner l'heure à laquelle je passerai chez eux demain. Il faut aussi que j'écrive à M. Galloway.

Roland grommela. — Il n'est que huit heures, dit-il, dans une heure vous aurez fini. Venez me trouver chez moi ; pour votre peine vous aurez le privilége de voir Mme J. !

— Je crains de ne pas être libre assez tôt ce

soir, répondit Arthur en serrant la main à Roland.

Les deux amis échangèrent encore quelques mots, se donnèrent rendez-vous pour le lendemain, puis se séparèrent à regret. Roland était comme une âme en peine ; il se dit qu'il lui serait impossible de rester tranquillement dans sa chambre, il aima mieux arpenter la rue à grands pas, se promettant d'aller relancer Arthur dès qu'il lui aurait laissé le temps d'écrire ses lettres. Pour se calmer, il faisait de longues stations devant les boutiques, surtout devant celles de marchands de comestibles, examinant en connaisseur les morceaux appétissants que ses finances ne lui permettaient pas d'acheter et guettant l'instant favorable pour retourner auprès d'Arthur.

Le premier coup de neuf heures retentissait à peine au sommet de la tour de Saint-Clément, qu'il sauta comme une bombe au milieu des garçons de l'hôtel.

— Je veux voir M. Arthur Channing, cria-t-il.

— Il est sorti, monsieur.

— Sorti !!!

— Oui, monsieur, car nous ne l'avons pas

revu depuis que nous lui avons remis ses lettres.

— Il a vu que ses lettres pouvaient attendre, se dit Roland, et il a couru chez Mme J. Et moi qui faisais les cent pas dans cette vilaine rue comme un grand benêt que je suis!

Prenant son allure la plus furibonde, Yorke se rendit chez lui par le plus court chemin et, dès qu'il tint la sonnette, il l'agita avec une bonne volonté si vigoureuse que la maison entière fut plongée dans le saisissement. M. Olivera devint tout pâle et s'approcha en tremblant de la fenêtre, la bonne se cacha, refusant obstinément de bouger, Mme Jones, prudemment escortée de sa sœur et de deux visiteurs blêmes d'anxiété, vint ouvrir elle-même ne sachant à quelle catastrophe elle devait s'attendre. Roland parut et parcourut du regard ce cercle de visages effarés.

— Où est Arthur Channing? demanda-t-il hors d'haleine. Mme J. où l'avez-vous mis?

Et quand Mme J. put retrouver assez de sang-froid pour réunir deux idées et répondre à cette question, Roland eut le plaisir — ou mieux, le désappointement — d'apprendre que sa promenade ne lui avait rien fait perdre puisque Arthur n'avait point paru au logis.

CHAPITRE XXI.

DISPARU !

— J'attends cette quittance, M. Yorke.

Heureusement que Bede Greatorex se trouvait au bureau, sans cela quelque sottise à l'adresse de M. Brown aurait pu échapper à Roland. Jamais ses nerfs n'avaient été dans un pareil état de surexcitation. S'il interrompit sa conversation à demi-voix avec Hurst, qui avait le rare privilége de pouvoir écrire et causer à la fois sans que l'un nuisit à l'autre, il ne travailla pas davantage, car toutes ses pensées convergeaient vers le même point : Arthur était à Londres et il n'avait pas l'air de penser à son vieil ami.

Par une coïncidence fâcheuse pour Roland,
l'absence momentanée d'un des commis occasionnait un surcroît de travail et M. Brown
n'entendait pas railleries à ce sujet. A peine
laissait-il à Hurst et à Roland le temps d'aller
dîner, et lorsque ce jour-là il leur recommanda
d'être de retour au plus tard dans vingt minutes, l'exaspération de Yorke fut à son comble.
Il avait si bien compté employer son heure de
liberté à courir à l'hôtel ou chez M. Channing
afin de voir ce que devenait son ami! Cette longue journée au bureau lui aurait été à charge
en tout temps, mais elle avait été singulièrement assombrie par une pensée amère qui lui
rongeait le cœur. Arthur avait pu passer un
jour entier sans avoir l'idée de venir au bureau
pour demander Roland; il n'en fallait pas plus
pour que le cœur du brave garçon fut rempli
de tristesse, de désappointement et même de
dépit. Bon gré, mal gré, il fallut pourtant rester
au travail et avaler la pilule, comme le disait
Yorke en grommelant.

La visite d'Albert Channing vint faire un
instant diversion.

— Ah! bonjour, M. Channing, dit affectueusement Bede en venant au-devant de lui.

Il s'arrêta un instant frappé de la physionomie souffrante d'Albert. Albert, de son côté,
constata avec peine les changements qui s'é-
taient opérés chez Bede Greatorex.

— Êtes-vous en bonne santé? demanda Bede
après un moment de silence.

— Autant qu'on peut l'être à Londres en tra-
vaillant sans interruption, répondit Albert en
souriant. Lorsqu'on est cloué à son poste, il faut
oublier qu'il y a en ce monde des bois touffus et
de riantes vagues bleues.

— Ces choses ne donnent le repos que lorsqu'on peut les contempler des heures entières en
toute liberté d'esprit; croyez-moi, courir d'un
lieu à un autre, pour le seul plaisir de changer
de place, fatigue plus que le monotone travail de
nos bureaux.

Bede arrêta un long regard sur les traits
d'Albert, comme s'il eût envié l'expression de
sereine attente qui en rehaussait la douceur,
puis il passa dans son cabinet dont il referma la
porte sur lui.

— Êtes-vous tous en bonne santé? demanda
M. Channing, s'adressant à Hurst et à Roland.

— Comment voulez-vous qu'on aille bien entre
des gens assommants et des circonstances idem?
répondit Yorke. Il suffit que j'ai beoin d'un jour
de congé pour qu'on double la charge sur mes
épaules. Cela me rappelle le temps où ce malheureux Galloway me faisait faire mon ouvrage,
celui d'Arthur et celui de Jenkins par-dessus le
marché. C'est une seconde édition de la même
histoire. Cela me serait bien égal en temps ordinaire, je serais même charmé de rendre service à ces messieurs, mais à présent! En tous
cas, si Arthur me manque, je ne lui manque
guère, à en juger par l'empressement qu'il met
à venir me voir.

— Vous ne l'avez donc pas revu? demanda
Albert.

— Non certes, il a été trop occupé de vous,
de ses autres amis, de Gérald peut-être, pour
songer au pauvre Roland. Mme J. a eu sa plus
belle robe sur le dos toute la journée pour lui
faire honneur, il n'a pas paru. Oh! miséricorde!
J'aurais douté du monde entier avant de douter
de l'amitié d'Arthur!

Rien n'amusait Albert autant que les sorties
de Roland, aussi riait-il de tout son cœur; ce-

pendant une légère inquiétude commençait à le tourmenter.

— Mme Jenkins, vous et moi nous sommes logés à la même enseigne, reprit-il. Je n'ai plus entendu parler d'Arthur. Nous l'avons attendu hier au soir jusqu'à sept heures et demie et nous avons dû dîner sans lui.

Roland laissa tomber sa plume.

— C'est cela, dit-il, il s'amuse à sa guise. Peut-être est-il avec Gérald, allant voir sans moi les marionnettes et les bêtes féroces. Il n'est pas même venu embrasser Annabel, ce que je trouve indigne de sa part.

— Je viens de l'adresse qu'il m'avait donnée, je ne l'ai pas trouvé ; êtes-vous bien sûr du nom de son hôtel, Roland ?

— Sûr ? je crois bien ! ne l'y ai-je pas conduit moi-même ? ne l'y ai-je pas laissé ? n'y avait-il pas là pour lui des lettres, des télégrammes, que sais-je ? On aura mal compris ce que vous disiez, voilà tout.

— Je me suis fort bien expliqué. Il paraît qu'à peine arrivé, sans même monter dans sa chambre, il est sorti et depuis on ne l'a plus revu. Voilà ce que m'ont dit les garçons.

— Fameux garçons que ceux-là, ils feraient mieux de changer de métier. Arthur est à l'hôtel ; où voulez-vous qu'il soit ?

— C'est ce que je viens vous demander ; si vous n'aviez pas été si occupé je vous aurais proposé de venir avec moi faire une nouvelle tentative à l'hôtel.

Roland jeta sur M. Brown un regard si suppliant que tout autre aurait cédé à ce muet appel. M. Brown resta impassible. Roland se leva

— Monsieur, dit-il, laissez-moi sortir ; je serai là dans une heure et je travaillerai comme un cheval. Je prendrai un fiacre, si vous voulez, j'ai de l'argent. Depuis hier j'ai une de mes pièces d'or dans ma poche afin de payer l'entrée dans les musées, si j'ai la chance de rencontrer Arthur. Mme J. m'a asséz sermonné sur la sottise que je faisais en dépensant dans un jour ce que j'ai si péniblement amassé.

— Si vous me promettez d'être là dans une heure je vous laisserai aller avec M. Channing, dit enfin M. Brown, se doutant bien qu'un refus ne disposerait pas Yorke à travailler avec zèle.

— Brown, mon généreux Brown, merci, cria Roland avec effusion. Je veillerai la nuit tout entière et je copierai actes sur actes sans erreurs ni pâtés, je vous le promets.

Roland partit joyeux, mais son plaisir fut bientôt étrangement compromis. Comme l'avait dit Albert, Arthur n'était plus à son hôtel. Tous les garçons furent minutieusement interrogés, on ne put arriver à aucun éclaircissement. L'hôtel était petit, tranquille, fréquenté seulement par quelques bons bourgeois de province qu'on entourait de soins et d'égards. Personne n'avait revu Arthur depuis le moment où Roland lui avait serré la main sur la porte.

— Je l'ai laissé ici à huit heures, dit impétueusement Yorke que ce mystère irritait; je suis revenu à neuf, vous m'avez dit qu'il était sorti; pourquoi n'avez-vous pas ajouté qu'il avait définitivement quitté l'hôtel?

— Nous l'ignorions, Monsieur, répondit le garçon; vers onze heures, m'étonnant de ne plus trouver ce monsieur au salon, j'ai cru qu'il avait été se coucher, mais il n'est pas même entré dans sa chambre; cela intrigue toute la maison.

Roland supposait qu'Arthur avait simplement changé d'hôtel, les craintes d'Albert étaient plus sérieuses; la valise de son frère avait été retrou-

vée au chemin de fer et lui avait été envoyée,
s'il eût changé de domicile il serait venu réclamer ses bagages et aurait tout d'abord prévenu
ceux que son absence devait naturellement inquiéter. Albert supposa que de mauvaises nouvelles de Charles avaient peut-être décidé son
frère à partir sur-le-champ et il comptait sur le
courrier du soir pour éclaircir le mystère, lorsqu'une circonstance imprévue le rassura d'une
part et de l'autre augmenta ses préoccupations.

— Voyez, monsieur, dit le garçon en présen-
tant une lettre, lorsqu'on a remis à ce monsieur
toutes les lettres qui l'attendaient ici, on a oublié celle-là ; elle vient de l'étranger.

— Voudriez-vous me permettre de la voir ?
Voici ma carte, je suis le frère de M. Arthur
Channing ; peut-être allons-nous savoir à quoi
nous en tenir.

Albert parcourut la lettre d'un seul regard ;
elle venait de Charles, il l'avait écrite à bord,
en vue de Marseille ; il annonçait que se sentant véritablement mieux, il comptait s'arrêter
huit jours à Paris et qu'il n'arriverait à Londres
que la semaine suivante. Ce n'étaient donc pas
de mauvaises nouvelles de Charles qui avaient

amené le brusque départ d'Arthur, d'ailleurs il aurait toujours trouvé moyen d'écrire un mot pour rassurer sa famille. L'inquiétude d'Albert fut à son comble lorsqu'on lui présenta la carte des divers négociants que devaient voir Arthur et qui étaient venus savoir pourquoi il ne s'était pas trouvé aux différents rendez-vous qu'il leur avait lui-même assigné. Albert se sentit défaillir sous le coup de cette pénible incertitude ; quant au pauvre Roland, il ne cessait de se lamenter et il se serait battu songeant à son injustice.

— Je l'accusais, disait-il, quand je savais pourtant en mon âme et conscience qu'il est le meilleur, le plus dévoué, le plus affectionné des amis. Je me fais pitié sur ma parole ! Albert, votre frère avait pas mal d'argent sur lui ?

— Oui, il avait une assez forte somme.

— C'est cela, l'argent du vieux Galloway. Pensez-vous.... pensez-vous... qu'on l'ait assassiné pour le lui voler ?

— Quelle idée, Roland !

— Oh ! je vous jure qu'à Port-Natal peu de gens se seraient fait scrupule d'agir de cette façon !

CHAPITRE XXII.

ICI ET LA.

Six jours entiers s'écoulèrent sans apporter le moindre éclaircissement. Six jours passent rapidement s'ils sont heureux ou seulement tranquilles, mais ils sont longs comme six années pour ceux qui, pleins d'anxiété, comptent les minutes et voient les heures se traîner avec une désespérante lenteur sans qu'aucune lumière vienne dissiper leurs soucis. Pour Roland, avec sa nature aimante et passionnée, l'attente était un intolérable tourment et s'il ne perdit pas la tête il ne s'en fallut pas de beaucoup.

Plusieurs de ceux qu'il croisa dans la rue le souhaitèrent aux petites maisons, car il errait

comme un fou d'un bout de la ville à l'autre,
courant tant que ses longues jambes voulaient
bien le porter et se reposant sur le parapet d'un
pont ou sur un baril de harengs lorsqu'il ne
pouvait plus faire un pas. Les yeux hagards,
les cheveux soulevés en crinière, il allait, en
bondissant comme un chamois, du pont de
Londres à l'hôtel, de l'hôtel aux docks Sainte-
Catherine, de là il revenait irrésistiblement sur
les quais parce que, depuis que l'idée de crime
était entrée dans sa tête, il ne cherchait plus son
ami que vers le fleuve, s'attendant sans cesse
à le voir reparaître emporté par le courant.

Cent fois le jour les mêmes circonstances
étaient remises en question dans l'esprit inquiet
de Roland, cent fois le jour il s'avouait avec
désespoir qu'il y avait là-dessous un impéné-
trable mystère. Sa seule espérance était que,
malgré la lettre rassurante de Charles, son frère
avait été le trouver, mais alors, pourquoi laissait-il les siens dans une semblable inquiétude ?
Étourdi, emporté, sans réflexion, Roland aurait
bien pu aller au bout du monde sans songer à
prévenir personne, mais une pareille conduite
était inadmissible dès qu'il s'agissait d'Arthur

et les craintes de Roland redoublaient à cette pensée.

Dès le début on avait écrit à M. Galloway pensant trouver chez lui la solution du problème ; il répondit, plus effaré que Roland lui-même, qu'il ne savait absolument rien et que la disparition d'Arthur le jetait dans la désolation.

La valise et le parapluie étaient toujours dans le salon de l'hôtel où Roland venait constater leur présence une douzaine de fois par jour. Il allait si rapidement d'un point à un autre qu'il devint bientôt la curiosité du moment ; si le Juif errant se fût avisé de parcourir les rues de Londres, il n'aurait pas causé plus de commotion que Roland dans sa course effrénée, apostrophant les sergents de ville et carillonnant à la porte de tous les juges de paix. Dès qu'une idée nouvelle le saisissait, radieux d'espérance ou à demi fou de terreur, il courait aux informations, accablant de questions ceux qui, de près ou de loin, avaient affaire à la police ou aux tribunaux. Il entrait dans toutes les boutiques espérant qu'Arthur y serait allé faire des emplettes et qu'on pourrait lui dire ce qu'il était devenu ; il entrait brusquement et sa question invariable

était : N'avez-vous rien vendu ces jours-ci à un
très-beau jeune homme, presque aussi grand
que moi? — Partout il recevait une réponse
négative, mais il ne se laissait pas décourager;
il alla partout, de chez le teinturier chez le
vétérinaire, sans se rendre compte qu'Arthur ne
pouvait guère avoir eu besoin de l'un ou de
l'autre.

Bientôt sa vue seule suffit pour faire prendre
la fuite aux sergents de ville, las de s'entendre
accabler de reproches parce qu'ils n'arrivaient
pas à retrouver l'ami que Roland cherchait avec
tant d'ardeur. Il y avait pourtant un des employés de la police que Roland avait réussi à
amadouer et qui causait volontiers avec lui lorsqu'il le rencontrait dans ses pérégrinations. Un
matin, cet homme, qui portait le nom singulier
de Crête-de-Coq, arriva sur le quai au moment
où Yorke exténué se reposait à cheval sur un
tonneau, et s'essuyait le front après une promenade de dix ou douze kilomètres faits au pas de
course.

— Voilà le sixième jour, dit Roland à bout de
courage; six jours et rien n'a été découvert! A
quoi bon vous mettre tous en campagne si vous

ne savez pas trouver ce que vous cherchez?

— Nous n'avons pas la moindre indication sur le chemin à suivre, répondit Crête-de-Coq.

— Dites que vous n'avez pas la moindre intelligence. Vous allez toujours de travers, Crête-de-Coq, et c'est à l'un de vos semblables que je dois d'avoir fait, dans un coin perdu de l'Afrique, le plus désagréable séjour.

— Comment cela, monsieur?

— Je ne veux pas vous le dire. J'aurais mieux fait de ne pas revenir, la vie est pire ici que là-bas. Dans ce pays, on m'aurait déjà trouvé mon ami mort ou vif; ici, vous ne savez rien faire.

— Il faut que ce soit un fameux pays, dit Crête-de-Coq avec admiration.

— Meilleur que celui-ci, à coup sûr, où l'on assassine un honnête jeune homme sans la moindre compassion. Il aura été solder quelque compte pour son vieux patron, dans un de ces affreux quartiers dont on ne sort pas vivant et son portefeuille aura tenté les voleurs.

— J'ignorais ce détail, monsieur, s'il en est ainsi, la chose devient plus claire.

3.

— C'est cela! j'ai mis la main sur le mystère, cria Roland en bondissant; allez vite prévenir vos chefs, Crête-de-Coq, tout est éclairci!

Une seconde plus tard Roland avait disparu. Qui pourrait compter les pommes que sa course effrénée envoya rouler dans le ruisseau? Qui pourrait se faire une idée des apostrophes que lui lançaient les marchandes dont il bousculait le modeste étalage de légumes ou de fruits? Il ne regardait ni à droite ni à gauche, bien mis, revêtu de son bel habit noir, mais les traits bouleversés et les cheveux en désordre, il courait droit devant lui sans s'inquiéter des obstacles qui se trouvaient sur son chemin. Cette fois il ne courait pas, on aurait dit qu'il volait. Il avait hâte de raconter à Albert ses nouvelles préoccupations.

En route, il rencontra son cousin Richard, et supposant qu'il devait partager ses émotions, il lui raconta toute l'histoire.

Oh!... Tiens!... Vraiment? dit sir Richard de sa voix flûtée; ne vous tourmentez pas, ce monsieur se retrouvera. Bonjour.

— Mais, Dick, vous ne comprenez donc pas? Il s'agit d'Arthur Channing, le beau-frère de

votre cousin William, le frère d'Annabel, mon
meilleur ami ! Oui le meilleur, le plus excellent,
le plus distingué, le plus aimable des jeunes gens
que la terre a jamais portés.

— Je n'en doute pas. Adieu, Roland, répondit sir Richard dont la froide indifférence con-
trastait avec les prolixes mais sincères protes-
tations de son cousin.

Resté seul, Yorke ne fit qu'un bond jusqu'au
bureau de M. Channing.

— Plus de mystère, cria-t-il en entrant ; il
est plus que sûr que votre pauvre frère est resté
dans un de ces vilains quartiers où il n'aurait
jamais dû être envoyé par ce vieux Galloway.

Albert tressaillit et devint très-pâle.

— Où avez-vous appris cela ? demanda-t-il
avec effort.

— Nulle part ; c'est-à-dire, Crête-de-Coq, ce
gros sergent de ville, à figure rouge, croit que
c'est fort possible, d'où je conclus que c'est certain.

— Roland, reprit Albert d'un ton sérieux qui
allait jusqu'au reproche, tant que vous ne saurez
rien de plus positif, je vous supplie de ne pas
me donner d'alarmes inutiles.

— Sur ma parole, Albert, je voudrais pouvoir douter de ce que je vous dis ; il ne reste pas d'autre supposition possible. Galloway n'est que trop capable d'avoir confié à Arthur des missions délicates et périlleuses. Il faut absolument que quelqu'un aille à Helstonleigh ; allez-y Albert.

— C'est inutile ; les lettres de M. Galloway sont aussi claires que concluantes, un voyage n'avancerait rien.

— Puisque vous ne voulez pas y aller, j'irai, dit Roland avec une sorte de colère. J'avais juré de ne reparaître dans mon pays que si l'argent affluait dans ma poche, mais je me mépriserais moi-même si je ne faisais pas céder cette pensée d'orgueil devant ce que je dois à mon meilleur ami. Ne vous opposez pas à ce projet, Albert, je ne vous demande pas votre consentement.

— Vous faites bien, car je vous le refuserais, répondit M. Channing qui ne put s'empêcher de rire. Il allait parler, mais une petite toux sèche et persistante lui ôta la respiration. Roland le regarda tout saisi, cette toux ne lui disait rien de bon.

— Ah ! ça, mon bon ami, avez-vous pris froid?
demanda-t-il enfin.

— Je ne crois pas.

— Alors, raison de plus pour soigner ce singulier rhume. Vous m'avez fait penser au bon
Jenkins. Vous n'êtes pas offensé de la comparaison, n'est-ce pas? Vous ne lui ressemblez en
rien : il était triste, malingre, souple comme un
roseau sous la main de fer de Mme J.; vous
êtes beau, heureux, ferme, en un mot, vous êtes
le joyeux Albert; mais vous toussez exactement
comme lui.

Avant que M. Channing eut pu répondre,
Roland avait ouvert et refermé la porte qui, en
retombant, fit vibrer toutes les vitres du bureau.
Il ruminait dans son esprit les moyens de se
rendre à Helstonleigh et rien, excepté l'apparition d'Arthur lui-même, n'aurait pu l'empêcher
de réaliser ce projet.

CHAPITRE XXIII.

NOUVEAUX SOUPÇONS.

Comme de coutume le révérend Ollivera laissait refroidir son déjeuner et s'inquiétait fort peu de ce qu'on lui servait. Il aurait dû avoir faim, cependant, car l'heure était avancée et il n'avait pris le matin qu'une gorgée de café sans sucre et sans lait, parce qu'on était venu le chercher pour voir un malade au moment où il aurait dû déjeuner. A son retour il trouva sur sa table une nappe éblouissante de blancheur, un petit pain doré, des tranches de jambon d'un aspect fort appétissant, mais, tout en remerciant Mme Jones des soins qu'elle prenait à son intention, il s'assit sans toucher à ce qu'on lui avait servi.

M. Ollivera était plus sombre que d'ordinaire,
une expression étrange se lisait dans ses yeux.
Arriver à prouver qu'une main criminelle avait
terminé les jours de John Ollivera était, depuis
plusieurs années, le but de tous ses désirs ; depuis la veille il se croyait sûr de pouvoir libérer
son frère de l'accusation de suicide qui pesait sur
lui et, loin d'éprouver du soulagement, Henry
se sentait navré jusqu'au fond du cœur.

Il venait de rencontrer M. Butterby et il avait
cherché à tirer de lui quelques renseignements.

— Êtes-vous sur les traces de Gotfrey Pitman ? lui avait-il demandé.

Butterby ne sut que répondre, il n'aurait pas
voulu dire ce qu'il savait. M. Ollivera répéta sa
question.

— Qu'est-ce qui peut vous avoir fait penser à
lui ? dit Butterby avec un air d'innocence ; Pitman, dites-vous ? J'ai cru d'abord que vous me
parliez de Willet, et j'allais vous répondre qu'il
s'est rendu malade à force de boire. Bonjour,
monsieur le pasteur, je suis pressé.

— Encore un mot, M. Butterby, j'ai besoin de
votre avis sur ce point : croyez-vous possible que
mon frère ait été tué par la main d'une femme ?

Les yeux verts de M. Butterby scrutèrent les traits de M. Ollivera.

— Me demandez-vous cela parce que vous soupçonnez quelqu'un ? dit-il.

— Je ne puis pas encore vous dire ce qui en est, mais j'ai besoin de votre avis : pensez-vous qu'il puisse se trouver une femme assez audacieuse et assez hardie pour décharger à bout portant un pistolet sur une victime sans défense ?

— En prenant les choses au pied de la lettre, monsieur, je répondrai oui ; il est positif qu'une femme a assez de force physique pour décharger un pistolet et il y a des femmes qui sont plus audacieuses que le plus vaillant soldat. Je n'ai pas le temps de rester une minute de plus ; votre serviteur, monsieur, votre serviteur !

Henry Ollivera se dirigea vers la maison de M. Greatorex ; il trouva la famille réunie autour d'une table servie avec un luxe que Louisa appréciait seule, car son beau-père se contentait de peu et Bede repoussait avec dégoût tout ce qui lui était offert. Miss Channing n'était pas présente ; elle avait subi le matin un des violents assauts que lui montait souvent Mme Greatorex et elle avait trop pleuré pour oser montrer ses yeux gonflés de larmes. Son absence fit supposer à Henry que les tristes soupçons de Roland étaient confirmés.

Il demanda tout de suite ce qui en était. Bede se mit à rire en apprenant qu'il tenait de Yorke ses plus récentes informations.

— Toute idée qu'il saisit lui devient une certitude, dit-il; si tu entendais comme moi tout ce qu'il peut dire d'incroyable dans une demi-heure, tu saurais ce que valent ses récits. Il est dans une agitation singulière, tout autre que lui aurait déjà eu un accès de folie ou une fièvre cérébrale pour le moins.

— Je crois qu'il va partir pour Helstonleigh.

— Il partirait pour la lune s'il y avait un chemin de fer.

— Il me semble, Bede, que tu lui laisses beaucoup de liberté, dit M. Greatorex.

— Pour l'ouvrage qu'il fait, même à ses meilleurs moments, nous ne perdons pas grand'chose, et si je lui refusais un congé, il se l'adjugerait tout seul. Je ne veux pas le renvoyer en l'absence de lord Carrick; d'ailleurs, il est plein de bonne volonté et Brown sait en tirer parti.

— J'ai presque envie de le suivre à Helston-leigh, dit M. Ollivera, dès qu'on eut quitté la salle à manger.

— Pourquoi? Veux-tu aussi aller à la recherche de M. Arthur?

— Non, mon oncle, une cause plus intime et plus douloureuse m'appelle dans cette ville; j'espère disculper bientôt mon pauvre frère, je crois être sur la trace de son meurtrier.

— Henry, tais-toi, pour l'amour du ciel! balbutia Bede en tressaillant, ne vois-tu pas Louisa!

Louisa était à l'autre bout du salon, regardant tranquillement à travers la vitre et ne prêtant aucune attention à l'entretien; l'agitation de Bede n'était pas chose nouvelle, il n'avait jamais voulu permettre qu'on fit, en présence de sa femme, la plus légère allusion à la mort tragique de son cousin.

M. Greatorex s'adressa à son neveu; il était fort ému et sa voix s'entendait à peine :

— Veux-tu dire, mon enfant, que tu soupçonnes quelqu'un?

— Je ne veux pas encore aller jusque-là, mon oncle; tout ce que je puis vous dire c'est que le

mystère tend à s'éclaircir, nous connaîtrons
bientôt la vérité.

— Rêveur et visionnaire comme toujours,
Henry, dit Bede d'un ton sarcastique ; en disant
ces mots il sortit du salon.

M. Ollivera prit congé bientôt après et
M. Greatorex resta plongé dans ses réflexions
jusqu'au moment où Roland vint sans façon s'as-
seoir en face de lui.

— M. Greatorex, dit-il en entrant, je suis
mort ! Les soucis, la terreur, la fatigue rongent
ma vie grand train.

M. Greatorex leva la tête et se dit que si
Roland n'était pas mort, il était à bout de forces,
et cela n'avait rien d'étonnant vu la manière
dont il se traitait depuis huit jours. Il lui demanda s'il avait fait une longue course le matin.

— Une longue course ? Jugez-en : j'ai été d'a-
bord aux docks Sainte-Catherine, de là à Scot-
land Yard, de là au commissariat de police, de
là au pont de Waterloo, de là chez Albert Channing, de là chez moi, de là chez Richard Yorke,
de là ici, pour vous dire que je dois aller à Helstonleigh et vous demander si vous pouvez vous
passer de moi ?

Se passer de Roland n'était pas bien difficile, mais sa démarche était un véritable progrès, un pas vers les égards dus à ses supérieurs, autrefois n'était-il pas parti pour un voyage autrement long sans donner à son maître — qu'il laissait seul dans son étude — d'autre avertissement qu'un simple bonjour transmis par la fille du portier ?

— Je venais aussi, continua Roland, pour voir miss Channing et lui demander ses commissions pour sa famille.

M. Greatorex sonna, tout en disant que miss Channing était probablement sortie puisqu'elle n'avait pas paru au goûter. Il se doutait bien peu qu'elle était dans sa chambre, occupée à écrire à sa sœur une lettre sur laquelle tombaient encore des larmes brûlantes provoquées par les injustes colères de Mme Greatorex. Après avoir été en butte aux sarcasmes dont l'accablait sans pitié la langue mordante de Louisa, la jeune fille tremblante, agitée, se retirait dans sa jolie chambre et, indifférente au luxe qui l'entourait, elle se croyait incapable de supporter plus longtemps la situation qui lui était faite. Elle prenait alors la plume et, sans préciser ses chagrins, elle avouait à sa sœur Constance qu'elle était triste et découragée, et le retour du courrier lui apportait de tendres et sages avis qui ramenaient la patience dans son cœur.

Douce et humble, Annabel se sentait alors ranimée et disposée à rendre le bien pour le mal; elle avait appris de bonne heure à pratiquer cette charité dont un des premiers effets est de *supporter toutes choses*, et elle cherchait d'un cœur sincère à réaliser cette douce parole : *Le fruit de la justice se sème dans la paix pour ceux qui s'adonnent à la paix*. Depuis quelque temps, malgré les caprices dont elle était si souvent la victime, elle éprouvait une joie qui compensait ses chagrins : un léger changement se remarquait chez la petite Jeanne. Emportée, volontaire, prédisposée à la coquetterie et à la mondanité, Jeanne avait tout à apprendre, et le cœur d'Annabel tressaillit d'espérance lorsqu'elle vit poindre des impressions sérieuses chez cette enfant qu'attendait une vie semée de tant d'écueils et de tentations. Une petite lumière commençait à briller, miss Channing sentit qu'elle supporterait tout plutôt que de renoncer à cultiver ces premières lueurs de paix et de vérité.

Cependant la lutte était quelquefois violente
et la pauvre jeune fille passait de longues heures
à pleurer lorsqu'elle avait été abreuvée d'injures
et de reproches. Un mot de sa part et Louisa
aurait été rappelée à l'ordre par son beau-père
déjà fort irrité, mais miss Channing aimait mieux
souffrir que jeter un élément de discorde dans la
famille, et elle cachait à tous les yeux les épines
de sa situation. Ce même jour, à l'heure du goûter, prenant Jeanne dans ses bras, elle lui dit
de descendre et de répondre que son institutrice
avait mal à la tête lorsqu'on lui demanderait
pourquoi elle venait seule au salon. Elle resta
dans sa chambre, calmant dans la solitude ses
joues brûlantes et ses yeux alourdis, mais elle
fut bientôt interrompue par Jeanne qui arrivait
en courant suivie d'une femme de chambre.

— M. Yorke demande à vous voir, miss Channing, descendez vite au salon, cria l'enfant.

— M. Yorke? dit Annabel surprise, car c'était
la première fois que Roland se permettait de la
faire appeler.

— M. Greatorex prie mademoiselle de descendre, dit à son tour la femme de chambre; monsieur a sonné pour savoir si mademoiselle était

dans sa chambre ; M. Yorke est au salon avec monsieur.

Annabel arrangea les plis de sa robe de soie grise et jeta un regard dans la glace afin de voir si ses belles tresses brunes étaient en ordre. Jeanne s'approcha d'elle, la regarda fixement et passa ses bras autour de son cou.

— Je descends avec vous, miss Channing, dit-elle, et je raconterai à mon ami Roland que tante Louisa vous a encore fait pleurer.

Annabel savait que Jeanne était fort capable de faire cette révélation, surtout à Roland qui était son favori, aussi elle ne lui permit pas de venir au salon pour le moment.

Lorsque miss Channing ouvrit la porte, Roland était seul. Mû par un sentiment de délicatesse dont il n'aurait même pas eu l'idée autrefois, il ne dit pas un mot de ses nouvelles appréhensions au sujet d'Arthur et se borna à raconter qu'il partait sans retard pour Helstonleigh.

— Je vais voir l'ami Galloway, dit-il, je suppose qu'il pourra me mettre sur la voie des démarches faites par Arthur ; je vous réponds que je saurai le faire parler. Il faut absolument lui arracher la clé de ce mystère ; Albert ne veut pas y aller, j'y vais. Je conviens qu'il m'en coûte de retourner là-bas, mais combien de fois est-on obligé dans ce monde de faire des choses qui vous déplaisent !

— Mais, Roland, dit Annabel, répétant sans le savoir ce que d'autres avaient déjà dit, votre voyage me paraît inutile ; si M. Galloway savait quelque chose de positif, il me semble qu'il nous l'aurait écrit.

— Juste ce qu'Albert vient de me dire ! C'est égal, je pars. Je me mettrais en route pour le pôle Nord aujourd'hui même si j'avais la plus petite chance d'y retrouver Arthur. Pensez, Annabel, pendant qu'il était peut-être entouré de vilains brigands, je l'accusais de fierté, d'ingratitude et d'oubli ! Je ne me pardonnerai jamais cela.

— Roland, dit miss Channing en levant vers lui des yeux suppliants, vous n'avez pas perdu tout espoir de retrouver mon frère ?

— Je n'en sais rien. Parfois j'ai la conviction qu'il va reparaître tout-à-l'heure, parfois je tombe à plat dans le brouillard du désespoir. La nuit dernière j'ai rêvé qu'il était vivant et en bonne santé et que je lui aidais à monter l'échelle d'un grand navire près du pont Waterloo. J'étais si heureux que je me suis réveillé? Rassurons-nous, on a vu des gens perdus reparaître tout à coup. A Port-Natal un individu disparut ; on le crut mort et on n'y pensa plus, puis un beau matin il revint orné d'une immense barbe rouge. Annabel, pourquoi vos yeux sont-ils en pareil état ?

Cette brusque question fit tressaillir miss Channing et couvrit ses joues d'une vive rougeur.

— Vous avez pleuré, Annabel ; je veux savoir pourquoi. Si c'est encore cette Louisa Greatorex... Oh ! vous voir malheureuse et ne pas pouvoir vous enlever à cette maison ! Il y a de quoi perdre la tête.

— Vous savez bien, Roland, que j'ai lieu d'être inquiète au sujet de notre pauvre Arthur.

— Tiens ! c'est vrai, reprit Yorke, aussi facile à calmer qu'un enfant. Et je reste là, gaspillant des minutes qui pourraient être employées à le retrouver. Donnez-moi vite vos commissions pour Helstonleigh.

— Mes amitiés pour tous les miens ; vous irez voir ma mère, n'est-ce pas ?

Roland prit les deux mains de miss Channing et les pressa avec émotion.

— Oui, Annabel, dit-il d'une voix douce et sérieuse, j'irai voir votre mère et je lui dirai...

La confusion qui couvrit les traits d'Annabel coupa la parole à Roland; il serra de nouveau ses mains tremblantes dans les siennes et, sans demander la permission, il lui donna un baiser fraternel. Avant qu'elle fut revenue de sa surprise la porte du salon se refermait avec violence et les pas rapides de Yorke retentissaient dans l'escalier.

Rentré chez lui pour faire ses préparatifs, Roland se vit arrêté par une objection sans réplique : les cinquante francs dont se composait son unique capital étaient épuisés ; il les avait dépensés jusqu'au dernier sou en pourboires aux sergents de ville, en annonces dans *le Times*, en gratifications à tous ceux dont il voulait stimuler le zèle, afin d'arriver à découvrir quelque chose sur l'étrange disparition d'Arthur. Il ne lui restait pas un centime pour payer sa place au chemin de fer.

— Je ne peux pas aller à pied, se dit-il, debout au milieu de sa chambre, immobile de surprise en constatant l'état de ses finances. J'ai ouï-dire qu'il y a quatre-vingts lieues d'ici à Helstonleigh; je ne serais guère effrayé de marcher jusque-là si j'avais le temps, mais j'ai hâte d'arriver. Albert blâme mon voyage, je ne puis donc pas lui emprunter de quoi le faire. Et mon cousin Dick? Qui sait? peut-être me prêterait-il ce qu'il me faut!

Roland courut place Portland. Sir Richard venait de sortir; il était arrivé le matin même de Beau-Soleil (le bien patrimonial des Yorke dans le comté de Surrey) et il avait été faire une visite dans le voisinage en disant qu'il rentrerait bientôt.

Roland attendit avec une impatience manifeste; bientôt, las de ronger son frein, il se décida à courir chez M. Greatorex en laissant au domestique l'ordre de dire à sir Richard que son cousin allait revenir pour lui parler d'une affaire importante. Il partit en courant, incapable de maîtriser son agitation, et se trouva, au tournant d'une rue, nez à nez avec M. Butterby. Cette rencontre lui sembla merveilleuse, il saisit le nouveau venu par un des boutons de son habit et lui donna tous les détails possibles sur

l'étrange mystère qui le préoccupait si vivement.

— Je vous en prie, dit-il en finissant, oubliez
tous les vilains noms que je vous ai donnés
jadis. Je vous en ai beaucoup voulu, mon cher
Butterby, mais c'était sans mauvaise intention.
J'ai toujours dit que vous paieriez tous vos mé-
faits; trouvez Arthur et c'est moi qui vous
paierai, et en or encore, si jamais j'en ai. Mettez-
vous en campagne, cherchez mon ami. Vous ne
me gardez pas rancune, mon cher Butterby?

— M. Arthur reparaîtra, répondit tranquillement M. Butterby, il n'est pas de ceux qui cou-
rent les aventures et perdent la tête pour avoir
trop bu.

— Ah! vous pouvez bien le dire, reprit
Roland avec énergie. Arthur ivre! La terre
tournera de l'autre côté avant que pareille chose
arrive. Pesez bien ceci, Butterby : vous avez
mal agi envers Arthur une fois en votre vie, je
vous jure que je ne vous le reprocherai plus
jamais si vous voulez m'aider à le chercher.
Trouvez-le et nous serons quittes, et si jamais je
fais fortune je vous donnerai une tabatière d'or
entourée de diamants.

4.

— Je ne prise pas, monsieur. Mais soyez tranquille, il se fait des recherches, j'ai mis à l'œuvre mon collègue Jelf qui va fouiller partout en mon absence; je quitte Londres pour quelques jours; on retrouvera votre ami.

— Soyez béni, Butterby! Dites à Jelf qu'il aura lui aussi une tabatière. Comptez sur moi. Maintenant, adieu, je suis parti !

— Un moment, dit Butterby, qui avait l'air de se demander quand et comment Yorke serait en mesure de distribuer, non-seulement des tabatières d'or, mais même la quantité de tabac nécessaire pour les remplir, ne risquez-vous pas de rencontrer à Helstonleigh deux ou trois créanciers qui pourraient...

— Deux ou trois! interrompit Roland avec une simplicité parfaite; une demi-douzaine, voulez-vous dire!

— Eh! bien, monsieur, ne vous laissez pas trop voir dans la ville; ils sont un peu vexés de ne pas encore tenir leur argent et ils n'hésiteraient pas à vous faire des misères; mais peut-être apportez-vous de quoi les payer?

— Quelle idée, mon pauvre Butterby! Imaginez-vous que je n'ai pas de quoi faire mon voyage à moins que sir Richard ne me prête quelque chose ou que le chauffeur me permette de monter avec lui sur la locomotive !

La locomotive parut bientôt à Roland l'unique chance de départ; revenu à la place Portland, il trouva son cousin fort intrigué et passablement offusqué; Roland avait osé lui faire demander de l'attendre! L'annonce que la race entière des Yorke avait été engloutie par un cataclysme inconnu et que Roland restait seul pour en porter la nouvelle, aurait à peine suffi pour excuser à ses yeux une pareille démarche. Aussi lorsque pour prix de la curiosité excitée par une requête sans précédent, il apprit qu'il s'agissait d'un prêt, il grommela que c'était bien la peine de l'avoir empêché de se rendre auprès de sa fiancée, et il mit son cousin à la porte en déclarant qu'il ne lui avancerait pas un centime quand il s'agirait de l'empêcher d'être pendu.

CHAPITRE XXIV.

LA MAISON GALLOWAY PRISE D'ASSAUT.

Tout était sombre dans la vieille ville d'Helstonleigh; dix heures venaient de sonner et M. Galloway, enfermé dans sa maison bien close, se préparait à aller se coucher. Il se sentait hors de son assiette depuis qu'Arthur Channing avait disparu, l'inquiétude de son esprit se traduisait presque en maladie; il avait froid, il était triste, il souffrait dans tous les membres, il vint se réfugier dans sa chambre, se roula dans un manteau, s'assit devant le feu brillant et mit ses pieds chaussés de pantoufles chaudes sur un moelleux tabouret. Pour mieux assurer son bien-être, il couvrit sa tête d'un bonnet de coton blanc d'où tombait gracieusement un

énorme gland floconneux. La teinte noire des
pensées du vieux procureur était encore assombrie par la vue d'un bol de tisane qui fumait à
son côté ; il fallait bien qu'il se crut malade pour
s'adjuger une pareille boisson, aussi espérant
qu'il en sentirait moins le goût s'il l'avalait en
une seule gorgée, il ne se pressait pas et la laissait refroidir.

Après plusieurs minutes de profondes réflexions, M. Galloway prit courageusement le
bol et le porta rapidement à ses lèvres, mais il
le remit sur la table plus rapidement encore en
frappant du pied. Il s'était brûlé et ne savait
plus que devenir.

A ce moment particulièrement critique, un
bruit formidable vint faire retentir les échos
endormis du paisible enclos. Un carillon mêlé
de coups étourdissants ébranlait la maison tout
entière et jetait la consternation parmi ses paci-
fiques habitants ; la sonnette et le marteau, agi-
tés de compagnie, semblaient lutter à qui parle-
rait le plus haut. M. Galloway repoussa son
bonnet de coton afin de mieux entendre ; ses
domestiques à demi-fous de terreur se rendirent
en corps vers la porte de la rue.

— Serait-ce la pompe et les pompiers? se dit le procureur tout tremblant.

Une conversation animée avait lieu sur l'escalier, quelqu'un montait malgré la résistance du vieux valet de chambre.

— A quoi pense John ! continua M. Galloway ; il sait bien que je ne suis pas en état de recevoir. Serait-ce le doyen? Qui est-ce donc? Cette voix ne m'est pas inconnue.

Le bonnet de coton subit un nouvel assaut, les boucles jaunes parurent à droite, à gauche. Les pas se rapprochaient.

— S'il n'est ni au lit ni en train de se déshabiller, disait l'inconnu, je puis le voir aussi bien là-haut qu'au salon ; ne vous tourmentez pas, mon vieux John. Dites-donc, vous n'avez pas rajeuni, mon cher ; et vos cheveux, qu'en avez-vous fait? Inutile de venir plus loin, vous dis-je, s'il est dans son ancienne chambre je la connais aussi bien que vous.

La porte s'ouvrit, Roland parut sur le seuil ; les yeux étonnés de son ancien maître se fixèrent sur les siens avec une indéfinissable expression. Roland reconnaissait à merveille ce petit homme replet, cette figure colorée, ces boucles jaune

tendre qui apparaissaient sous le bonnet de
coton, mais M. Galloway ne savait de quel nom
saluer ce jeune homme de belle tournure, si
bien fait, si bien mis, dont cependant les traits
ne lui paraissaient pas étrangers. Le vieux domestique s'approcha de son maître.

— C'est M. Roland Yorke, dit-il, je n'ai pas
pu l'empêcher de monter.

— Bonté divine! murmura M. Galloway.

Roland s'approcha vivement sans voir qu'il
avait mis en grand danger l'équilibre du bol
de tisane.

— Je ne sais, dit-il, si vous consentirez à me
donner la main, vu la manière dont nous nous
sommes séparés autrefois. Pour moi j'y suis tout
disposé.

— C'est vous qui aviez tort, répondit M. Galloway, tout en serrant la main de son visiteur
qui, aussi à l'aise que s'il eût été l'enfant de la
maison, s'établit confortablement devant le
feu.

— Qu'avez-vous, Monsieur? demanda-t-il,
sont-ce les oreillons? C'est de la tisane que vous
buvez-là. Quelle drogue! C'est bien pour nos
péchés que de semblables ragoûts ont été inven-

tés. Il faut que vous soyez bien malade pour vous décider à boire cela !

— Daignez me dire par quel incroyable hasard vous tombez des nues à pareille heure ? répliqua M. Galloway sans écouter les questions de Roland. Je vous ai pris pour la pompe et les pompiers courant au feu.

— Je ne tombe pas des nues, je suis venu par le train, je croyais être ici en plein jour, mais le train était en retard.

— Ce n'est pas une raison pour frapper de manière à enfoncer ma porte.

— J'étais si impatient ! Si je vous ai fait peur j'en suis désolé. Vous me pardonnez, n'est-ce pas ? Je viens pour vous parler d'Arthur, nous voudrions savoir où vous l'avez envoyé.

Au nom d'Arthur toute la colère de M. Galloway s'évanouit ; il aimait son jeune associé comme un fils et il souffrait de son absence plus qu'il ne lui plaisait de l'avouer ; l'idée lui vint qu'on avait fait quelque pénible découverte et que Roland était envoyé pour lui en faire part.

— Arthur est-il mort ? demanda-t-il en frissonnant.

— Je le pense, répondit Yorke, mort ou vivant nous ne l'avons pas retrouvé et ce n'est pas faute de l'avoir cherché, je vous assure.

— Vous ne venez donc pas m'apporter des nouvelles positives ?

— Loin de là ; je viens vous demander quels ordres vous lui aviez donnés afin que nous sachions comment suivre ses traces.

Hélas ! toutes les espérances du pauvre Roland s'évanouirent une à une ; il avait cru que M. Galloway gardait par devers lui la clé du mystère, il vit bientôt qu'Albert avait eu raison en lui disant que son voyage était inutile. Cédant à son impression du moment, il s'était presque attendu à trouver Arthur auprès de M. Galloway ; voyant son ancien maître aussi troublé et pas plus renseigné que lui-même, il se sentit frappé au cœur. Sombre et désappointé, il regardait le feu d'un œil morne, tordant ses longs favoris et pensant avec amertume à son cher Arthur.

— Plus de doutes, dit-il, il est au fond de la Tamise. Moi qui croyais que vous feriez cesser mes inquiétudes en me révélant telle ou telle circonstance dont vous auriez oublié de parler dans vos lettres.

— Moi, oublier quelque circonstance dans une semblable affaire! Jeune homme, si je me souvenais de mes péchés aussi bien que de la plus insignifiante de ces circonstances, cela n'en irait que mieux pour moi. L'absence d'Arthur me rend malade, si elle se prolonge je serai bientôt mort. Je m'attends au pire; quand un garçon sage et sérieux comme Arthur disparaît, il faut appréhender la plus cruelle issue, parce qu'on sait bien que l'inconduite ne l'a pas obligé à se cacher. Je lui avais confié une forte somme, quelqu'un l'aura su et le vol a été suivi de meurtre.

Ici M. Galloway saisit son foulard et en couvrit sa figure empourprée.

Roland semblait paralysé par le désespoir; il parlait avec effort.

— Dire qu'il meurt sans que je puisse lui faire oublier le passé! Ce regret empoisonnera le reste de mes jours; j'aurais voulu mourir dix fois pour lui sauver la vie.

— Croyez, Roland, que je ne l'ai laissé partir qu'à regret. Charles ne pouvait-il donc pas arriver sans lui? Après être venu seul des Indes jusqu'à Londres, avait-il besoin d'un mentor

pour venir de Londres à Helstonleigh? Les
séances de novembre approchent, nous allons
être occupés nuit et jour, que ferai-je sans
Arthur? J'aurais dû ne pas le laisser partir; je
n'ai pas su lui résister, j'ai cédé et voilà ce qui
en résulte !

M. Galloway porta de nouveau son foulard à
ses yeux, ce qui mit le bonnet de coton en grand
danger de chute; les boucles jaunes se montraient dans toutes les directions. Elles créèrent
une diversion heureuse aux tristes pensées de
Roland.

— Dites-donc, M. Galloway, vos cheveux
sont moins brillants qu'autrefois?

— Ils me ressemblent, répartit le vieillard,
trop préoccupé pour s'offenser de cette remarque
et pressé de revenir au sujet qui le tourmentait.
Que va devenir l'étude sans Arthur? (Je ne
parle pas du chagrin que j'aurai s'il faut que je
me passe de l'avoir auprès de moi !) Et sa pauvre
mère ! Il la maintenait dans une grande aisance;
Tom n'est pas encore en mesure d'en faire autant. Non, je ne puis pas me passer de lui, que
vais-je devenir !

— Pauvre M. Galloway! Vous allez être dans

un grand embarras, presque autant que lorsque je suis parti pour Port-Natal.

— Presque! Il y a lieu de comparer, vraiment! Ecoutez-moi bien, Roland Yorke; si vous n'aviez pas quitté mon étude un seul jour depuis le moment où je vous pris comme clerc, si vous aviez mis toute votre capacité, tous vos soins, tout votre zèle à vous bien pénétrer de votre métier, si vous aviez travaillé de corps et d'esprit sans perdre une minute, vous n'auriez pas même pu approcher de ce qu'Arthur est aujourd'hui.

— Vous n'avez jamais dit plus vrai, M. Galloway; d'ailleurs je ne suis pas bon scribe, j'aime mieux de rudes travaux au dehors.

— J'ai ouï-dire que ces travaux ne vous ont pas réussi à Port-Natal?

Ici vint tout naturellement se placer le récit que Roland faisait si volontiers; la faim, la soif, les mulets, les boutiques, l'habit percé aux coudes défilèrent tour à tour devant M. Galloway surpris.

— J'ai fait de mon mieux, dit Yorke en terminant, et je cherche encore à faire de mon mieux. Port-Natal m'a été utile, monsieur, il m'a débarrassé de ma paresse et de mon orgueil. Sans les rudes leçons qu'il m'a données j'aurais persisté dans mon sot chemin, dédaignant le travail et m'accrochant aux autres pour leur extorquer de quoi vivre. A présent je veux gagner honnêtement ma vie; j'essaie courageusement. Mes gains sont bien modiques, mais je me contente de peu et j'espère améliorer graduellement ma situation. Rome n'a pas été bâtie dans un jour. Je croyais revenir de là-bas millionnaire et je voulais dédommager mon cher Arthur de tout ce qu'il a supporté pour moi, j'ai totalement échoué, mais cet exil m'a fait du bien.

— Charmé de l'apprendre, dit M. Galloway en examinant avec attention le jeune Yorke; ses yeux brillants, ses traits mâles, sa bouche empreinte de franchise et de sérieux lui firent plaisir, il se dit que certainement un changement s'était produit chez l'étourdi dont il ne se souvenait que trop bien. Roland reprit :

— Dès que je serai arrivé à m'assurer cinq mille francs de rente, je me marierai.

— Vous! Je serais curieux de savoir sur qui vous avez jeté les yeux?

— Je ne vois pas de mal à vous le confier si

vous me promettez d'être discret; c'est Annabel!

— Allons donc!

— Rien n'est plus vrai, monsieur, c'est tout comme si nous étions déjà fiancés.

— Mais, Roland, c'est impossible; Annabel est la plus douce, la meilleure, la plus aimable fille que je connaisse!

— Certainement, monsieur, elle a toutes ces qualités et mille autres encore, cria Roland dont les yeux étincelèrent de bonheur, et avec tout cela elle est raisonnable, elle ne tient pas à la richesse; elle patientera jusqu'à ce que nous ayons de quoi débuter modestement, et quand elle sera ma femme elle mettra avec moi la main à l'œuvre pour amener l'argent au logis.

Dans sa surprise, M. Galloway chantonna entre ses dents. Il aimait Annabel presque autant qu'il aimait Arthur et, malgré les progrès qu'il pouvait constater chez Yorke, il le considérait comme un chevalier errant duquel il n'y avait pas grand'chose à attendre. On ne peut donc pas trouver étrange que le mariage projeté lui sourît médiocrement.

Roland se leva tout d'une pièce.

— Je pars, dit-il, il convient que j'aille voir ma mère. Je ne suis pas plus avancé que si je n'étais pas venu ; Albert me l'avait bien dit.

— Est-il vrai qu'il soit malade ?

— Il ne se plaint d'aucun mal, mais il dépérit à vue d'œil ; on le jetterait par terre du bout du doigt ; ces *Revues* l'ont tué.

— Ces articles sont indignes, dit vivement M. Galloway ; j'ai lu et admiré le livre d'Albert. J'ai lu aussi celui de Gérald.

— Un beau chef-d'œuvre, n'est-ce pas ?

— Bon à prendre feuille par feuille et à jeter au feu sans le lire, voilà mon opinion.

— Dire que les journaux dénigrent le bon et exaltent le mauvais. C'est une énigme que personne ne comprend à Londres.

— Nous ne la devinons pas davantage ici. Vous partez ? Bonsoir ; je ne suis pas fâché de vous avoir vu. Quand retournez-vous à Londres ?

— Demain. Je ne parais à Helstonleigh qu'à mon cœur défendant ; je veux voir ma mère et Mᵐᵉ Channing, c'est tout.

— Ne parlez pas d'Arthur à sa mère, elle ignore nos inquiétudes et croit qu'il est avec

Charles à Paris. Sa santé est si délicate que nous ne voulons pas l'effrayer avant le temps.

— Vous avez bien fait de me prévenir, je tâcherai de ne rien dire de travers.

— Où logerez-vous cette nuit?

— Tiens! j'avais oublié d'y songer; je suppose qu'on pourra me garder chez ma mère; je ne suis pas difficile, le tapis du foyer me suffira. Autrefois il me fallait un lit de plume et deux oreillers. Comme on change! Je devais être un fameux douillet dans ce temps-là.

— S'il n'y a pas de place chez Mme Yorke, revenez, j'ai une chambre à vous donner; mais sonnez doucement, je vous en conjure.

— Merci, monsieur, merci. Comment se fait-il que tout le monde me comble de bontés?

Roland sortit et avança à pas lents dans l'enclos. En se retrouvant sur cette pelouse tant de fois parcourue, les souvenirs lui revenaient en foule, sa jeunesse revivait devant lui fraîche et riante comme une oasis au milieu d'un désert brûlant. Il n'était ni sentimental ni poétique, cependant une émotion particulière vint agiter son cœur et le son de la vieille horloge, qui sonnait lentement onze heures, semblait lui parler

5.

du passé. Devant lui se dressait l'antique cathédrale entourée des maisons que Roland connaissait si bien, avec leur architecture irrégu-
lière, leurs jardins soignés où les femmes raides
et dignes des hauts fonctionnaires du chapitre
aimaient à se promener.

La lune faisait ressortir les sculptures délicates des tours et frappait de ses rayons la petite
grille qui s'était ouverte devant Charles Channing le soir mémorable où il s'était innocemment
livré aux méchants camarades qui lui avaient
joué un tour aussi cruel que dangereux. Roland
chercha des yeux les grands ormeaux d'où, pendant les heures de classe, les corneilles jetaient
aux collégiens de petits cris joyeux qui leur
rendaient le grec et le latin plus insipides que
jamais; ces beaux arbres avaient été dépouillés
de leurs branches touffues et les corneilles sans
abri avaient momentanément recours à l'exil.
La porte de la classe se présentait maintenant
sans être voilée par le feuillage et Roland
croyait voir les bruyants collégiens entrer et
sortir comme de son temps. Combien de fois
avait-il franchi cette voûte, son surplis sur le
bras, tremblant de peur d'être puni parce qu'il

était en retard. Les rires de toutes ces jeunes
voix retentissaient à son oreille, il croyait les
entendre mourir sous les sombres arceaux des
cloîtres comme aux jours où il était écolier.

Tout était bien changé, lui plus que tout le
reste. Une nouvelle génération occupait les
classes, un maître nouveau la dirigeait, de jeunes
ministres remplaçaient ceux que la mort avait
enlevés; le bon évêque était entré dans son repos et l'on ne parlait plus que de la voix ton-
nante et des discours à grands effets de son suc-
cesseur. Tom Channing tenait honorablement sa
place dans le jeune clergé, Gérald cherchait à
devenir un grand homme, M. Channing était
mort, son fils Albert se mourait.....

Roland tressaillit et fut soudain ramené au
moment présent par cette conclusion involon-
taire. D'où lui était venue cette pensée à laquelle
il n'avait jamais voulu s'arrêter?

— J'ai dû rêver tout éveillé, se dit-il en pal-
pant son front couvert de sueur, la lune m'a en-
sorcelé. Le joyeux Albert ne va pas mourir, un
sot de mon espèce peut seul avoir de pareilles
idées!

Il partit en courant pour chasser le cauchemar

et chercha des yeux les fenêtres de la maison
paternelle; elles éblouissaient de clarté; la
douce lueur de la lune pâlissait devant les mille
bougies qui étincelaient chez Mme Yorke.

— Voilà ma mère qui donne un bal! se dit
Roland en interrompant son rapide galop; peut-
on avoir un pareil guignon! Je veux passer in-
cognito et il faut que je tombe sur un soir où
tout le monde et son père se pavanent à la maison !

Voulant entrer inaperçu, il courut vers une
petite porte qui donnait sur l'escalier de service;
une femme de chambre coquette et parée y était
établie, causant avec les laquais qui attendaient
leurs maîtres; elle fut consternée en voyant Roland s'élancer d'un bond dans l'escalier. Le prenant pour un voleur, elle monta à sa suite par
un effort de courage dont elle ne se serait pas
crue capable, et elle arriva haletante dans la
salle à manger où l'intrus faisait disparaître
avec complaisance les sandwiches et les bonbons.

— Sur ma parole ! balbutia-t-elle, que signifie
cela ? Qui êtes-vous ? Sortez d'ici !

— Allez chercher Mme Yorke, répondit Ro-

land, elle vous dira mon nom. Mais parlez-lui à
l'oreille, entendez-vous ?

La femme de chambre obéit instinctivement ;
elle alla dans les salons où les invités attendaient en dansant qu'on ouvrit les portes de la
salle à manger et elle transmit à sa maîtresse le
message du visiteur inattendu.

— Prenez garde, madame, dit-elle à voix
basse, n'allez pas seule le trouver, c'est un fou.
La manière dont il avale les gâteaux en est une
preuve.

Un peu effrayée, Mᵐᵉ Yorke se fit escorter par
son plus jeune fils, Harry, vigoureux collégien
de dix-sept ans. Marchant avec prudence, elle
avança la tête pour jeter un regard furtif dans la
salle à manger ; Roland, le dos tourné vers la
porte, avalait à grandes cuillerées une coupe de
crème fouettée. Voyant les dégâts que cet hôte
inattendu faisait subir à son beau souper,
Mᵐᵉ Yorke oublia ses terreurs, se précipita vers
l'inconnu et le menaça de la police s'il ne partait
pas sur-le-champ. L'inconnu se retourna, laissa
tomber sa cuillère et s'avança les bras étendus.

— Ma mère, ma bonne mère, dit-il, n'ayez pas
peur, ce n'est que moi !

Partagée entre une grande surprise, un peu
de joie et une vive contrariété à cause des brèches
faites à ses friandises, Mme Yorke tomba sur une
chaise et s'accorda le luxe d'une petite crise de
sanglots convulsifs.

CHAPITRE XXV.

DANS LES CLOITRES.

Le lendemain Roland se leva tard; après le départ des convives, il avait longuement causé avec sa famille, décrivant en détails ses plans courageux, sa situation précaire, ses faibles gains et détruisant ainsi les espérances que sa mère caressait encore à son sujet. Lorsqu'il avoua qu'il cirait lui-même ses bottes, sa sœur Caroline laissa tomber sur lui un regard de dédain, le considérant comme un être dégénéré. Fanny, au contraire, lui sourit avec sympathie et murmura à son oreille quelques paroles d'encouragement.

Les deux sœurs ne se ressemblaient guère quoiqu'elles fussent l'une et l'autre élèves de

Constance Channing qui avait pris tant de peine pour former leur cœur et leur esprit.

Après tout il était bon de se retrouver dans la maison paternelle et Roland (qui ne fut pas obligé de coucher sur le tapis du foyer) se trouva si bien dans son lit moelleux, qu'il dormit profondément jusqu'à l'heure où la grosse cloche du collége le réveilla en sursaut. Il bondit et s'élança vers la cathédrale, incapable de résister au désir de se retrouver au milieu de ces scènes familières dont le souvenir avait charmé ses rêves pendant qu'il souffrait de tant de maux à l'étranger. Comme il lui paraissait naturel de voir tous ces jeunes garçons sautant, riant, leurs robes sur le bras, se rendant dans la salle d'où ils partaient deux à deux pour le service.

Tout à fait identifié avec les coutumes du collége, Roland, venant à croiser un des vicaires, lui fit un salut aussi profond que s'il eût encore été un de ces écoliers auxquels le doyen et son chapitre inspiraient un si grand respect. Il se mêla aux bruyants collégiens et prenant par le bras un gros garçon qui laissait traîner son surplis avec la plus parfaite indifférence, il entama l'entretien.

— Dites donc, mon ami, pouvez-vous m'indiquer l'endroit où se trouve la tombe de Jenkins?

— Certainement, monsieur, se hâta de répondre l'enfant, qui prit ce beau monsieur pour le parent d'un des hauts fonctionnaires de l'église, venez avec moi, c'est de l'autre côté des cloîtres.

Roland suivit son guide, reconnaissant les vieux arceaux qu'il avait si souvent escaladés, les inscriptions gravées sur les murs et le coin sombre où une effrayante apparition avait jadis terrifié Charles Channing.

— C'est ici, monsieur, à côté du tombeau du vieux concierge Ketch.

— Oh! Ketch est là, lui aussi! Qui donc peut avoir eu l'idée de mettre le bon Jenkins à côté de Ketch?

— Ils se valaient, monsieur, ils étaient aussi bourrus l'un que l'autre et sont tous deux morts en fumant leur pipe.

— C'est faux! cria Roland indigné, Jenkins n'a jamais fumé de sa vie!

— Vous vous trompez, monsieur, il fumait sans cesse et est mort en fumant à l'âge de soixante-seize ans.

— Qui vous parle du vieux père Jenkins, petit étourneau ! Croyez-vous que je lui porte le moindre intérêt ? Vous êtes peu dégourdi, mon cher. Je parle de Joseph Jenkins, le fils, celui qui était clerc chez M. Galloway.

— Oh ! sa tombe est là-bas, à l'autre bout, mais je n'ai pas le temps de vous y conduire, monsieur, la cloche sonne.

Le collégien s'enfuit comme sait le faire un élève menacé d'être puni ; il rejoignit ses camarades en chemin et Roland s'adossa contre un pilier afin de voir défiler la longue bande de jeunes gens, tous revêtus de leur surplis blanc, tenant leur toque à la main et conduits par son frère Harry, le *Senior* actuel.

Dès qu'il fut seul de nouveau, Roland traversa le cimetière et chercha dans l'herbe verte l'humble tombe de Jenkins. Il l'eut bientôt trouvée et il resta un moment silencieux devant la simple pierre blanche qui portait cette courte inscription :

JOSEPH JENKINS
âgé de 39 ans.

— Si jamais je deviens riche, dit-il tout haut, vous aurez un plus beau mausolée que celui-ci,

éxcellent et modeste Jenkins. Mme J., sans
doute, a fait graver cette inscription, j'élèverai
en souvenir de vous une colonne de marbre
blanc sur laquelle toutes vos vertus seront ins-
crites à la file.

Les cloches avaient cessé de retentir, les sons
graves de l'orgue montaient doucement vers le
ciel et berçaient les rêveries de Roland ; il errait
sans but, déchiffrant ici une inscription, regardant là un monument aux formes imposantes,
mettant sa main au-dessus de ses yeux pour les
garantir du soleil pendant qu'il examinait les
réparations faites à la vieille cathédrale. Tout à
coup l'idée lui vint d'aller au service en souvenir du temps passé.

Il entra, entièrement étranger à la fausse
honte que tout autre aurait éprouvée en traversant le chœur au beau milieu du sermon. Il s'approcha d'un banc réservé, s'établit sur les cous-
sins de velours rouge, ouvrit le beau psaume qui
se trouvait devant lui et se mit à chanter sans
s'inquiéter des regards irrités que lui lançait le
sacristain. Il chantait de toutes ses forces, mais
soudain il resta silencieux ; une voix harmo-
nieuse et puissante vibrait à son oreille et don-

naît une onction particulière à ces belles paroles
du Psalmiste :

Mon Dieu, c'est toi seul que j'honore,
Sans cesse je t'exalterai ;
Mon Dieu c'est toi seul que j'adore,
Sans cesse je te bénirai !

Roland chercha à découvrir d'où partait cette
voix si belle ; il vit, en face de lui, un jeune vi-
caire dont la physionomie ouverte et décidée ne
lui semblait pas inconnue. — C'est Tom, pensa-
t-il et, dans sa joie, oubliant le lieu où il se trouvait, il fit, de ses deux bras étendus, un geste de
bienvenue. Le révérend Thomas Channing rou-
git visiblement lorsqu'il aperçut les signaux in-
solites de l'étranger que chacun, le doyen en
tête, regardait avec étonnement. Ses sourcils
froncés rappelèrent Yorke aux bonnes manières,
il se tint tranquille, se bornant, comme unique
démonstration, à promener un peu partout ses
regards pleins de sympathie ou de curiosité. Il
contemplait avec délices l'église de son enfance,
les choristes vêtus de blanc, les collégiens rangés
sur deux longues lignes, les maîtres, les vicaires,
le doyen, tous à leurs places respectives et, si

quelques figures nouvelles se voyaient ici et là, l'aspect général n'était pas changé et tout un monde de pensées se réveillait dans l'âme de Roland.

Par une transition bien naturelle, les sons de l'orgue ramenèrent Roland vers son ami absent. La dernière fois qu'il était entré dans cette même église, Arthur accompagnait les chants et, bien qu'il ne fut plus organiste et ne jouât que de temps en temps pour son plaisir, Roland ne pouvait suivre la mélodie sacrée sans éprouver une grande tristesse. Où était Arthur? Peut-être avait-il été déjà recueilli là où des chants d'une ineffable beauté retentissaient pour toujours à son oreille. Roland tressaillit, se renversa dans sa stalle et resta plongé dans ses réflexions, frappé de l'accord qui existait entre ses propres sentiments et les passages que lisait le ministre officiant Pour la première fois, il comprenait que cette vie n'est rien comparée à la vie à venir; pour la première fois, il éprouvait le désir sincère de pratiquer ces vertus chrétiennes qui rendaient Albert et Arthur si visiblement supérieurs aux jeunes gens de leur époque.

— Jamais je ne serai comme eux, se disait-il, c'est

si difficile, mais j'essaierai et Annabel m'aidera.

A l'issue du service plusieurs mains furent tendues vers Roland qui les serra de bon cœur, mais en courant, car il avait hâte de retrouver Tom Channing; il le rejoignit dans la sacristie d'où ils sortirent ensemble, heureux de se revoir et causant comme de vieux amis. En route ils furent abordés par un tout petit jeune homme qui salua gaiement le pasteur. Cette figure ronde et fraîche, cette mine avenante, ce regard malin ne pouvaient appartenir qu'à Bywater, l'ami de collège de Tom, connu autrefois pour son espièglerie, aujourd'hui héritier de belles propriétés dans les Indes où il se préparait à retourner après un court séjour en Angleterre. Roland fut enchanté de le voir.

— Que devient Gérald? demanda Bywater.

— Un grand homme, répondit Roland; il me regarde avec mépris et ne veut plus me dire bonjour. Je lui aurais donné plus d'un soufflet si je ne m'étais pas corrigé à Port-Natal de l'habitude de me venger moi-même.

— Comment donc, il méprise son frère? Au fait, je n'en suis pas étonné, Gérald sera toujours Gérald. Vous rappelez-vous comme notre ancien maître Pye le fouetta vigoureusement? Je vous jure que Gérald ne l'avait pas volé [1].

Roland demanda des explications; le châtiment honteux subi par son frère était postérieur à son départ et sa famille n'avait pas cru nécessaire de lui en donner la nouvelle.

— Ah! monsieur Gérald, cria-t-il dès que Bywater l'eut mis au courant, tu es mal venu à me jeter entre les dents le billet de Galloway!

— Je lui ai dit un jour en face qu'il était un vilain sire, dit Bywater sans s'émouvoir. Adieu, mon bon Roland, cela m'a fait du bien de vous retrouver. Au revoir, j'espère, un jour ou l'autre.

Roland suivit Tom chez sa mère qui le reçut avec affection mais ne put s'empêcher de rire en écoutant les confidences que lui fit Roland avec volubilité. Il né comprenait nullement que Mme Channing trouvât quelque chose de risible dans la proposition d'un gendre qui devait obtenir une place quelconque avant de songer à se mettre en ménage et dont le capital et les revenus se réduisaient à zéro pour le moment. Il aurait voulu aplanir tous les scrupules de

[1] Voir : *Les Channings*, p. 269.

Mme Channing, mais le temps pressait, la gare
était loin, il n'avait pas encore dit adieu à sa famille, il partit heureux d'avoir su tenir sa langue et de ne pas avoir trahi ses craintes au sujet
d'Arthur. Peu après, encombré d'une foule de
petits paquets destinés aux enfants de Gérald, il
traversait l'enclos seul et à pied, ayant esquivé
à grand'peine l'ennuyeux honneur d'être recon-
duit au chemin de fer dans la vieille calèche de
famille.

Il avait compté prendre son allure la plus furibonde et suivre les quartiers les plus reculés, afin
de ne pas tomber entre les mains de ceux qui
étaient en droit de l'envoyer à la prison pour
dettes, mais l'attrait du pays natal lui fit oublier
les prudentes recommandations de M. Butterby.
Il ralentit le pas, regarda à droite et à gauche,
rentra dans les belles rues, souriant à tous ces
lieux bien connus et saluant avec délices les
églises, le tribunal et le marché. Il finit par s'arrêter tout ému devant l'ancienne maison de
M^ms Jenkins qu'il reconnut à merveille bien que
la boutique eût changé d'aspect. Il se représen-
tait le petit salon où il avait mangé de si bons
muffins, il contempla les fenêtres de la chambre

où Jenkins avait terminé son humble existence
en manifestant une foi si confiante que son lit de
mort faisait envie à ceux qui l'entouraient. Autrefois, pendant qu'il se préparait à passer à l'é-
tranger, Roland avait vu dans ses rêves une
ville charmante, pavée de malachite et d'or, lui
seul pouvait dire de quelles beautés autrement
séduisantes il avait paré les rues d'Helstonleigh
lorsqu'elles étaient venues flotter devant ses
yeux, durant ses nuits désolées de Port-Natal.
Une joie profonde l'agitait pendant qu'il foulait
ce sol bien connu et cependant une certaine déception se mêlait à ses transports : les maisons
avaient-elles vieilli ou bien l'imagination de
Roland leur avait-elle prêté une apparence trom-
peuse ? Pourquoi les rues, les places, les jardins
lui semblaient-ils moins larges et moins riants
que ce qu'il l'avait toujours supposé ? Hélas ! Il
en est le plus souvent ainsi lorsqu'on a quitté
son pays dans l'âge des illusions et qu'on y revient mûri par l'expérience, le souvenir dore
d'un doux éclat tout ce que l'on regrette, surtout
lorsqu'il s'agit de ce qui a rapport avec nos premières années.

Roland cheminait, absorbé dans ses réflexions

et murmurant involontairement une vieille poé-
sie qui avait hanté son cerveau comme un remords tout le temps qu'il avait été à Port-Natal.

> Souvent la fortune, un caprice,
> Ou l'amour de la nouveauté,
> Entraine au loin notre avarice
> Ou notre curiosité.
> Mais, sous quelque beau ciel qu'on erre,
> Il est toujours une autre terre
> Dont le ciel nous paraît plus beau,
> Et, loin que cet amour varie,
> Cette estime de la patrie
> Suit l'homme au-delà du tombeau.

Il répétait les derniers vers avec émotion
lorsqu'un choc lui fit lever la tête, il venait de
tomber dans les bras de M. Simms, celui de ses
créanciers qu'il désirait le plus éviter!

Le premier coup d'œil révéla à M. Simms que
l'obstacle qui avait manqué le renverser était
un Yorke, le second regard lui fit deviner que
c'était Roland.

— Est-ce bien vous! dit-il. Vous, M. Roland
Yorke!

— Oui, c'est moi, Simms, et je vous jure que
je vous aurais payé si j'avais eu de l'argent. Je

ne suis ici que depuis hier et je comptais bien partir sans rencontrer ni vous ni les autres. Vous m'avez maudit plus d'une fois, n'est-ce pas, Simms? Voyons un peu, combien vous dois-je?

— Cent neuf francs soixante-et-quinze centimes, monsieur.

— Je suppose que c'est bien cela. Je dois un peu partout ici, mais je payerai avec les intérêts aussitôt que les pièces d'or consentiront à se grouper dans ma poche. Je n'ai jamais eu de chance, mon pauvre Simms.

— On dit pourtant que vous avez été faire fortune à l'étranger; Mme Yorke me certifiait un jour que vous alliez revenir millionnaire.

— J'y comptais bien, je vous assure; au lieu de cela je suis revenu sans avoir un habit sur le dos. J'ai essayé tous les métiers sans réussir dans aucun, la fortune m'a pris en grippe. Je travaille toute la journée autant et plus que vous, Simms, et j'arrive à peine à gagner le strict nécessaire; jamais vous ne m'auriez revu à Helstonleigh sans cette mystérieuse disparition d'Arthur Channing.

— L'a-t-on retrouvé, monsieur? Nous pleurerions tous un jeune homme tel que M. Arthur:

— Je n'ai presque aucune espérance, on ne
le retrouvera jamais. M. Galloway dit qu'il en
mourra et je ne serais pas étonné d'en faire autant. Je pars; vous ne me retenez pas, Simms?
Je vous donne ma parole d'honnête homme que
je vous enverrai de l'argent aussitôt que j'en
aurai; je payerai tous mes créanciers et vous
serez le premier servi.

— Donnez-moi seulement un petit acompte,
monsieur, quand ce ne serait qu'une pièce de
vingt francs.

— Grand bien vous fasse! Une pièce de vingt
francs? Eh! mon pauvre Simms, j'ai mis mon
habit noir en gage afin de pouvoir venir jusqu'ici
et je fais le voyage en troisième classe. Bien le
bonsoir, Simms, le train siffle déjà!

Le voyage mit le comble à la surexcitation que
l'inquiétude au sujet d'Arthur et le retour à
Helstonleigh avaient causées à Roland; il avait
la fièvre, il était fatigué; cependant, avant de
rentrer chez lui, il voulut porter à ses nièces les
gâteaux et les joujoux dont il était chargé pour
elles. Il trouva (chose à laquelle il était habitué)
Winifred et les trois petites filles pleurant en

silence à côté d'un maigre feu qui éclairait seul la sombre pièce. Le chagrin du jour était le refus formel que Gérald avait signifié à sa femme lorsqu'elle lui avait parlé d'accepter une invitation à dîner chez Ellen Channing.

— Il s'est montré là bien méchant, dit Roland avec sympathie.

— N'est-ce pas? sanglotta Winifred, nous priver d'aller chez ces bons amis! Et j'ai encore d'autres soucis : Gérald n'a plus d'argent, je n'ai plus de thé, plus de beurre, la bonne vient d'aller chercher un seau de charbon, le dernier qui reste dans la cave ; nous n'avons plus qu'à mourir!

— Oh! si j'étais riche, comme je vous tirerais vite d'embarras! Tenez, voilà deux francs, c'est tout ce que je possède au monde, prenez, prenez! Ne pourrait-on pas avoir un peu de thé et de beurre, ou bien un peu de charbon? Si seulement je possédais quelques francs de plus!

— Je ne me tourmenterais pas si Gérald me permettait d'aller trouver Ellen ; elle a été si bonne, sans elle nous serions mortes de faim.

— C'est votre mère qui vous a envoyé de l'argent?

6.

— Non, c'est M. Channing, reprit Winifréd qui, incapable de garder plus longtemps son secret, raconta avec quelle délicatesse, avec quel désintéressement, Albert et Ellen avaient nourri, vêtû, soigné la mère et les enfants, poussant la générosité jusqu'à payer le cordonnier exigeant qui menaçait Gérald de la prison.

Roland était comme pétrifié; une foule de choses dont, malgré son insouciance, il avait été frappé, s'expliquaient maintenant à ses yeux.

— Gérald sait-il tout cela? demanda-t-il après un long silence.

— Je ne le pense pas, je n'oserais jamais le lui dire; si seulement je pouvais lui faire comprendre ce que les Channings ont fait pour nous! Roland, je vous le dis, Albert a été pour nous comme un ange envoyé du ciel, sans lui nous serions mortes de faim.

— Vous ne m'apprenez rien en me disant ce que vaut Albert, je l'ai connu toute ma vie; lui et Arthur sont trop bons pour ce monde. Oh! mon cher Arthur, quand je pense que tout espoir de le retrouver est perdu!

— Arthur arrive demain, dit tranquillement Winifred.

Roland bondit.

— Est-ce vrai? balbutia-t-il le cœur palpitant.

— Sans doute, il a été à Marseille, Albert a reçu une lettre ce matin.

Roland regarda fixement Winifred, posa ses deux mains sur son front, saisit son chapeau et s'élança dans l'escalier, où il culbuta le seau de charbon qu'apportait la bonne; franchissant les débris, il ne fit qu'un saut jusque chez Albert où il reçut la confirmation de ce qu'il venait d'apprendre. Tout était éclairci. Le soir même de son arrivée à Londres, après avoir serré la main à Roland devant la porte de l'hôtel, Arthur était entré et avait demandé ses lettres. On lui en remit une qui lui fit oublier toutes les autres : elle lui apprenait que son frère Charles, après une heureuse traversée, avait eu une rechute en débarquant et était à Marseille dans un état presque désespéré. Arthur regarda sa montre, il avait juste le temps d'atteindre le train de Douvres. Perdant un peu son calme habituel dans un moment aussi inquiétant, il ne prit pas le temps d'écrire à Albert, et ne trouvant pas un seul garçon pour lui donner un message verbal, il sortit de l'hôtel, se jeta dans un fiacre et arriva à la gare à la dernière minute.

Le train partit immédiatement, Arthur s'embarqua à Douvres et comme la traversée fut particulièrement tranquille, il écrivit à Albert, à Roland et à M. Galloway, mais, plein d'égards pour eux, il ne voulut pas leur communiquer ses vives appréhensions, il se borna à leur dire qu'il s'était décidé à aller attendre Charles à Marseille, et qu'il écrirait de nouveau pour fixer le moment de son retour. Avant de prendre à Calais le train de Paris, il confia ses lettres à un commissionnaire, lui remit la somme nécessaire pour les affranchir et lui paya largement sa course. Le commissionnaire jugea bon, sans doute, de doubler le prix de sa course en empochant l'argent destiné aux timbres ; les lettres dont il était porteur ne virent jamais l'Angleterre et sa négligence causa de longues et vives anxiétés.

Se doutant fort peu de l'agitation qu'occasionnait son absence, Arthur continua son long voyage et arriva à Marseille où il trouva Charles moins mal quoique encore en danger. Entièrement absorbé par son frère, et croyant d'ailleurs

que tous les siens étaient sans inquiétude, il n'é-
crivit qu'au bout de huit jours, lorsqu'il put
annoncer que Charles était à peu près rétabli et
pouvait se mettre en route pour revenir en
Angleterre.

Ces détails réjouirent le bon Roland, sa physionomie s'épanouit.

— Oh! mon cher Albert, cela fait du bien!
dit-il en respirant fortement; il me semble
qu'une brillante étoile vient de se lever dans un
ciel noir; je suis heureux comme si j'étais de
noces. Vous dites qu'une lettre m'attend chez
moi? J'y cours. Excellent Arthur, le voilà donc
retrouvé!

Roland partit radieux, mais une réflexion pénible troubla bientôt sa joie; il avait été frappé
du changement que ces quelques jours avaient
apportés dans l'état d'Albert; il était plus pâle,
plus faible et une lumière céleste rayonnait
déjà dans ses yeux profonds.

CHAPITRE XXVI.

ENTREVUE SECRÈTE.

A M. Bede Greatorex.

(Particulière et confidentielle).

Monsieur,

Je commence à voir clair dans l'affaire du chèque touché à double au mois de juin dernier.

Me rappelant vos ordres, je ne veux agir qu'après m'être entretenu avec vous.

Voulez-vous me donner votre heure ou préférez-vous venir chez moi, où vous me trouverez ce soir de sept heures à dix.

Votre très-humble serviteur,
JONAS BUTTERBY.

22 Octobre. Cuff Court, Off Fleet Street. — N° 1.

Ce billet fut remis à Bede pendant qu'il parlait à ses commis et M. Brown fut frappé du bouleversement qui se produisit dans tout son être dès qu'il eût brisé le cachet. Bede froissa dans sa main la lettre importune et se réfugia dans son cabinet dont il ferma la porte sur lui.

Une colère sourde grondait dans son cœur chaque fois que Butterby revenait à la charge et remettait au jour mille circonstances que Bede avait hâte d'oublier. Dans un premier mouvement, il écrivit à Butterby pour lui signifier qu'il n'avait pas le temps de causer avec lui, mais il se ravisa; l'agent secret aurait été bien capable de s'adresser directement à M. Greatorex et Bede avait ses raisons pour redouter qu'il en fût ainsi. Il prit donc la résolution d'aller lui-même chez M. Butterby et dès que l'heure fut venue, il se mit en quête de la curieuse adresse indiquée dans le billet mystérieux.

M. Butterby était assis devant une table couverte de papiers, dans une chambre bien close, qu'éclairaient deux brillants becs de gaz. Son costume ne vieillissait pas plus que sa personne et l'âge semblait ne pouvoir jamais éteindre la vivacité de ses yeux gris.

— Asseyez-vous, monsieur, dit-il en conduisant Bede vers la cheminée; mon petit feu vous incommode-t-il? La saison n'est pas encore avancée, mais le pétillement du foyer tient compagnie quand on est seul.

— Le feu me fait toujours plaisir, répondit Bede en tendant vers la flamme sa main finement gantée.

Butterby fit à part lui la remarque que la mise de Bede était le type de l'élégance et du comme il faut.

— Je suis très-satisfait que vous soyez venu, monsieur, dit-il quand il eut suffisamment contemplé les gants gris-perle, le paletot de drap fin et le chapeau de son visiteur; je suis appelé à Helstonleigh, et je tenais à vous voir avant de partir.

— Je ne suis pas venu de bon cœur, répondit Bede avec franchise; le chèque perdu ne vaut pas la peine que je fasse un pas pour le retrouver; notre banque est assez riche pour supporter cette perte; je n'ai répondu à votre appel que dans la crainte que vous ne prissiez le parti de reparler à mon père de cette vieille histoire.

— Vous me l'avez interdit, cela suffit. Vous

avez l'air fatigué, monsieur, êtes-vous malade ?

— Pas plus que de coutume.

— Excusez-moi, monsieur, votre maigreur est telle que j'en ai été frappé, voilà pourquoi je me suis permis de vous faire cette question.

— Je viens de passer deux mois en Suisse avec ma femme. On appelle ces voyages un temps de repos, pour moi ce sont d'affreuses corvées. Depuis mon retour j'ai eu beaucoup à faire et je m'en ressens. — Auriez-vous la bonté de me dire tout de suite ce que vous avez appris ? Je suis attendu.

Bede pouvait être pressé et parler d'un ton légèrement hautain, Butterby n'en faisait pas moins à sa tête et ne parlait que lorsqu'il lui plaisait de parler. Il voyait que son client avait hâte d'abandonner un sujet qui lui était pénible, mais il ne lui épargna ni un mot désagréable ni une minute d'anxiété.

— Lorsque le chèque fut volé, l'été dernier, dit-il, vous me fîtes l'honneur de me confier les investigations et vous me dîtes, sous le sceau du secret, qu'un de vos commis avait dû faire le coup, soit pour son profit, soit pour rendre service à quelqu'un. Depuis ce temps, je ne vous ai fait aucune communication, d'où vous avez peut-être conclu que je n'ai fait aucune recherche.

— Oh! s'il ne s'agit que de mes employés, je suis tout prêt à vous écouter, dit Bede, dont la physionomie s'éclaircit subitement. Êtes-vous au moment de mettre le grappin sur l'un d'eux?

— Pas tout à fait, mais cela peut venir; ne sautons pas sans transition sur une conclusion définitive; aller avec lenteur est toujours prudent; soit dit sans vous offenser, M. Bede.

— Parlez vite! Est-ce Hurst?

— Ce n'est pas lui; s'il eût pris le chèque, c'eût été pour...

— Chut! dit Bede en tressaillant, êtes-vous sûr qu'on ne peut pas nous entendre?

— J'ai su choisir mon logis; ces murs ne sont pas des feuilles de papier comme ceux des maisons modernes; vous n'avez rien à craindre, monsieur.

— Si je vous ai interrompu c'est que je ne voudrais pas que Hurst fût compromis, reprit Bede surmontant de son mieux le tremblement nerveux qui l'agitait; serait-il coupable que je ne voudrais pas le dénoncer.

— Lorsque vous m'avez parlé de vos soupçons, dit Butterby sans écouter Bede, je me suis
mis à éplucher minutieusement les démarches
de tous vos employés et surtout celles de
Hurst.

— A leur insu, j'espère ?

— Permettez-moi de vous adresser une question, M. Bede Greatorex : croyez-vous que je
fusse digne du poste que j'occupe si je n'avais
pas une dose de sagacité plus considérable que
vous... pardon — que les autres personnes en
général? Mon métier est cousu de ruses, de se-
crets et de faux-fuyants. Je ne vois aucun danger à vous donner un aperçu de la façon dont
j'opère. — Dans cette circonstance, par exemple, j'ai dit à l'un de mes subordonnés : Le
jeune M. Hurst a fait, fort innocemment, des
relations suspectes dont il ignore les conséquences ; j'ai trop d'estime pour son père, docteur en médecine et justement respecté, pour
laisser son fils courir à sa perte. Surveillez donc
ce jeune homme *nuit et jour* et tenez-moi au courant de ses moindres actions. — Mes ordres ont
été suivis ; si nous avions vu par une fenêtre
dans le cœur de Hurst, nous ne serions pas

mieux informés. C'est un honnête garçon et quand c'est moi qui le dis, M. Bede, vous pouvez en être certain.

Bede ne répondit pas; il avait ôté son gant et appuyait son front sur sa main où brillait le beau diamant que sa mère mourante avait ôté de son doigt pour le passer au sien. Les yeux de Butterby épiaient le moindre frémissement de cette physionomie où une vive souffrance morale se lisait si visiblement. Au bout d'un moment il reprit son minutieux récit.

— Hurst hors de question, les autres ont été épluchés à leur tour; Jenner est innocent; Yorke aussi, malgré une autre affaire et son impertinence.

— Qu'appelez-vous *une autre affaire?*

Butterby toussa; au fond il n'était pas méchant, il n'aurait pas voulu faire à Roland un mal peut-être irréparable.

— Oh! dit-il évasivement, un individu qui a rôdé jusqu'à Port-Natal est plus exposé que bien d'autres à faire des sottises.

— C'est vrai, mais je vous assure que Roland est le meilleur garçon que je connaisse et, en ce qui concerne les folies de ses contemporains;

il est aussi candide qu'un enfant de dix ans.

— Oui, monsieur, il a un de ces caractères sur lesquels le mal glisse sans prendre racine, seulement il est d'une insolence! Passons, il a eu quelques leçons qui l'ont empêché de tomber trop bas. — Je reprends : Hurst, Jenner, Yorke, sont disculpés; reste Brown et c'est à cause de lui que j'ai désiré causer avec vous.

Bede leva les yeux avec étonnement.

— Vous m'avez dit au début, monsieur, que vous n'aviez pas la moindre idée de soupçonner Brown; depuis plusieurs années, disiez-vous, son zèle, sa probité, sa délicatesse ne laissaient rien à désirer. Je ne l'aurais pas soupçonné plus que vous sans un fait singulier; il y a un vide dans le passé de Brown; il m'échappe pendant plusieurs années, on dirait qu'il est né le jour où il est entré dans votre maison. Mais, oublions-le pour un instant. Avec votre permission, monsieur, nous allons faire un tour à Birmingham.

Butterby regarda Bede comme s'il attendait la permission demandée; voyant qu'il ne recevait aucune réponse, il continua tranquillement :

— Il y avait à Birmingham une respectable maison de commerce connue sous le nom de

Johnson et Teague. Teague était vieux, Johnson fils, qui venait de succéder à son père, avait environ quarante ans. Teague était célibataire et patronnait un arrière-neveu, nommé Samuel, qu'il aimait comme la prunelle de ses yeux. Samuel, perle au salon devant son oncle, se ruinait grand train au dehors. Il vivait en vrai seigneur dans la jolie villa du vieux Teague, gagnait cinq mille francs, en dépensait le double et fit brillante figure jusqu'au jour où l'orage éclata. Suivez-vous mon récit, monsieur?

— Parfaitement.

— Dans la maison Johnson et Teague se trouvait un jeune commis nommé Georges Winter, qui vivait avec Samuel dans la plus grande intimité. Je ne veux pas charger inutilement Winter, mais il se trouva compromis le jour où Samuel émit une fausse lettre de change et la fit payer au guichet. On dit que sa faute se réduisit à payer étourdiment sans vérifier le billet; mais au moment il fut jugé autrement, et on le considéra même comme le plus coupable des deux. Quand la fraude fut découverte, Samuel Teague prit la fuite; Winter, pour éviter les conséquences de sa légèreté, courut chez le

vieux Teague et lui révéla tout au long les
folies de son neveu. Le pauvre homme en
mourut.

— Il en mourut? dit Bede tout saisi.

— Oui, monsieur, cela le tua net. Il avait
considéré ce beau neveu comme une rare exception, comme un saint envoyé accidentellement
dans ce vilain monde; quand il apprit que son
ange était démon, cela lui coupa bras et jambes.
Il eut une attaque d'apoplexie le soir et il mourut dans la nuit. Le lendemain Winter manquait
à l'appel. Tout le monde pensa qu'il avait couru
après Samuel et on donna la chasse à ces deux
étourneaux, qui s'étaient déshonorés pour deux
ou trois mille francs. Soudain les recherches ces-
sèrent; on suppose que, par égard pour la
mémoire de son vieil associé, M. Johnson ne
voulut pas poursuivre son neveu. Quoi qu'il en
soit, ce neveu est en Amérique où il fait, dit-on,
de très-belles affaires.

— Et Winter?

— Nous y voilà. Winter ne s'embarqua pas à
Liverpool. La mort subite du vieux Teague mit
un temps d'arrêt dans l'agitation produite par le
faux billet; au lieu de fuir, il revint sur ses pas,

s'affubla d'une perruque, d'un faux nom, de favoris d'emprunt, monta en chemin de fer ayant pour bagages un petit sac de nuit (un sac bleu) et passa quelques jours à Helstonleigh sous le nom de Gotfrey Pitman.

Bede se leva brusquement ; jusqu'alors il avait écouté avec indifférence.

— Oui, monsieur, je parle de Gotfrey Pitman, celui qui se trouvait chez Mme Jones lors de l'affaire de M. Ollivera, celui qui partit mystérieusement le soir même du meurtre et qui fut regardé comme le meurtrier. Gotfrey Pitman et Winter sont un seul et même personnage, joignez-y M. Brown, et tout cela ne fera qu'un.

— Non ! murmura Bede.

— Oui ! ! répondit Butterby.

Bede chancela à l'ouïe de cette déclaration brève mais positive.

— Encore ce Brown ! balbutia-t-il presque sans voix.

Il retomba sur sa chaise, devint d'une effrayante pâleur et regarda le feu avec des yeux hagards.

— Je vois ce qui vous trouble, dit Butterby qui notait le plus fugitif mouvement des traits

7.

de Bede ; vous commencez à croire que le crime
mystérieux d'Helstonleigh a été commis par
Gotfrey Pitman ?

— Où avez-vous réuni tous ces détails? demanda Bede sans répondre à Butterby.

— Je ne me refuse pas à vous l'expliquer :
j'ai vu par hasard une lettre qui m'a donné l'occasion de faire une question et, d'une chose
à l'autre, j'ai su toute l'histoire. J'ai été à Birmingham, j'ai vu la maison Johnson et Teague,
tout est arrangé là-bas ; on a reconnu que Winter était coupable d'étourderie, et voilà tout. Il a
cru trop facilement aux contes que lui débitait
Samuel, mais il n'a trempé dans aucune de ses
folies. Il a même fait preuve d'une scrupuleuse
probité, car il vient d'achever de rembourser à
Johnson l'argent qu'il avait payé sans se douter
que le billet était faux ; il s'est mis au pain et à
l'eau pour cela. Agité de remords, Samuel en a
fait autant de l'autre côté de l'Atlantique, d'où
il résulte que, sans savoir d'où lui venaient ces
envois anonymes, Johnson a été payé deux fois,
ajouta Butterby, que cette idée faisait rire aux
larmes.

— Brown a-t-il ?... Bede hésita un instant,

puis il reprit : Brown a-t-il volé mon chèque ?

— Jugez vous-même, monsieur. L'homme qui l'a touché à la banque répond en tous points au signalement de Gotfrey Pitman ; il avait perruque et barbe noire ; je conviens que cela ne suffit pas pour constater le fait, parce que ces ornements ne sont pas rares dans la ville, mais il est facile de nous éclairer à cet égard : ordonnez à Brown d'exhiber ses faux cheveux et confrontez-le avec les commis de la banque ; on le reconnaîtra bien.

— Non, dit vivement Bede, je n'ai jamais accusé Brown..... je ne l'accuse pas davantage maintenant.

La nature loyale de Bede se prêta mal à ce mensonge : Butterby nota soigneusement cette flagrante contradiction entre le ton et les paroles.

— A votre choix, dit-il ; j'ai fait mon devoir. Je ne peux pas aller plus loin sans vos ordres. Passons à une question autrement grave. Je ne veux pas imputer à Winter le crime commis à Helstonleigh, mais vous rappelez-vous, monsieur, l'étrange conduite de miss Rye ? J'ai entendu de mes deux oreilles sa déclaration sur la tombe, et j'ai remarqué sa grande émotion.

Bede resta immobile et ne prononça pas un mot. Butterby continua.

— Georges Winter et miss Rye étaient fiancés; Alletha habitait Birmingham avec sa mère à l'époque où Winter était chez Johnson : ils allaient se marier au moment où la catastrophe de Samuel les sépara.

— Oh! vraiment! dit Bede, ne voulant pas avoir l'air de rester indifférent à ce que lui disait Butterby. Miss Rye est une personne d'un grand mérite.

— D'accord, monsieur, mais ces femmes supérieures sont aussi folles que d'autres lorsque leur prétendu est en danger. On en a vu qui ont accompli des actes de désespoir pour sauver celui qu'elles aimaient. Miss Rye est de cette trempe, elle sacrifierait tout pour l'amour de Georges Winter. — Reste un fait à examiner : pourquoi Winter aurait-il assassiné un homme qu'il ne connaissait pas et qui, par conséquent, n'avait pas pu l'offenser? Je ne puis croire qu'il ait fait le coup.

— C'est... en effet... peu probable, dit Bede.

— D'où je conclus qu'il sortira sain et sauf de l'enquête.

— Une enquête ?

— Oui, aussitôt que M. Greatorex saura qu'il y a chance de trouver le meurtrier, il nous mettra tous en campagne.

— Je vous défends d'en dire un seul mot à mon père, dit Bede d'un ton si bref et avec un regard si effrayant que Butterby tressaillit.

— M. Greatorex ne doit pas le savoir ? reprit-il tout stupéfait.

— Non ! non ! je vous l'interdis ; je veux qu'il ignore que Brown est Gotfrey Pitman.

M. Butterby allait parler, mais ses lèvres se refermèrent sans bruit ; jamais il n'avait vu pareille chose.

— Si nous sommes assez fous pour ne pas lever le lièvre, dit-il enfin, un autre le fera pour nous, c'est M. Henry Ollivera.

— Je vous répète, Butterby, que *je veux* enfouir cette affaire, n'importe à quel prix. Ne faites pas un mouvement sans mon ordre.

— Et si le Révérend s'imagine de nous damer le pion ? dit Butterby, que la physionomie, les

gestes et la voix de Bede intriguaient au plus
haut degré.

— Ceci ne vous regarde pas ; nous y aviserons
quand il en sera temps.

— Encore un mot, monsieur, si Gotfrey Pitman a tué John Ollivera...

— Silence ! interrompit Bede, regardant autour de lui avec terreur. Au nom du ciel, ne
parlons plus de ce crime, il touche à trop de
points sensibles dans mon cœur. Je ne peux pas
tout vous dire, mais revenir sur ce malheur
serait rouvrir des blessures que les années ne
cicatrisent pas. Accuser Pitman serait l'occasion
de douleurs sans nom pour moi et les miens.

On aurait cru que Bede allait prendre pour
confident l'agent secret qui avait ouï tant
de sombres mystères, mais il se tut et baissa les
yeux sous le regard de Butterby, qui semblait
fouiller dans les moindres replis de son cœur.

— Encore une question et j'ai fini, reprit l'im-
placable Butterby : si vous considériez Pitman
comme le meurtrier de votre cousin, me diriez-
vous encore de ne pas le poursuivre ?

— Je serais le premier à le livrer à la justice.

— Ceci m'autorise à faire un pas en avant : si

vous n'accusez pas Pitman, c'est que vous avez d'autres soupçons ?

— Peut-être, dit Bede articulant avec effort, à moins que ce ne soit un accident. N'en parlons plus. N'agissez que sur mon ordre, voilà tout. Demandez-moi ce que vous voudrez, je vous le donnerai.

— Ne parlons pas de payement pour le quart d'heure. Je vous promets de ne rien faire tant que mes chefs seront dans l'ignorance et ne m'ordonneront pas d'agir.

— Merci, dit Bede, et lui, l'homme du monde, réservé et même hautain, il serra la main de l'agent secret comme s'il eût été son ami.

Butterby l'éclaira jusqu'au bas de l'escalier, puis il remonta dans sa chambre, où il prit l'attitude qui convenait à ses méditations. Une main sur chaque genou, la tête penchée en avant, il revint sur toutes les circonstances qui avaient accompagné la mort de John Ollivera, puis il nota les moindres mots que Bede venait de prononcer, et il termina sa longue rêverie par ces paroles prononcées à demi-voix :

— Il faudra que je sache si *ce certain soir* Louisa Joliffe est sortie de chez elle.

CHAPITRE XXVII.

L'AFFAIRE SE COMPLIQUE.

Ne quittons pas encore M. Butterby, et cherchons à savoir pourquoi il médite avec tant de mauvaise humeur dans cette même chambre où il a reçu Bede Greatorex. Six semaines se sont écoulées, le pâle soleil de décembre pénètre à travers les vitres, mais il ne parvient pas à distraire M. Butterby, dont les phrases décousues révèlent une grande contrariété.

— J'ai été mis dedans, c'est prouvé. Pour plaire à M. Bede, je laisse dormir Pitman et, pendant que je suis en tournée, le Révérend et son oncle éventent le secret; la justice s'en mêle, on dit que je n'ai pas su trouver mon homme, on me rappelle par une dépêche assez piquante, je vous en réponds, et le diable seul peut me tirer de là.

Betterby examina quelques papiers, puis il reprit :

— Reste une chance : Pitman existe, dit-on, mais où est-il ? Moi, je le sais et, quoi qu'en pense Bede Greatorex, il faudra bien que je le dise. — Où est Pitman ! m'a-t-on dit. — Je le cherche, ai-je répondu.

Butterby tisonna énergiquement, les étincelles volèrent en tous sens. Il continua ses réflexions à demi-voix.

— Je sais bien assez où il est, mais pourquoi se cache-t-il ? Dernier mystère à débrouiller. Coupable, il ne l'est pas. Veut-il empêcher qu'on n'accuse un autre ? Possible. Est-ce Alletha Roye dont il s'agit ? Peut-être. — J'ai longtemps soupçonné miss Alletha ; je crois maintenant qu'elle est innocente. Voudrais-je en jurer ? Non. — Ne vous en déplaise, M. Bede Greatorex, j'approfondirai la chose pour ma propre satisfaction.

— En disant ces mots M. Butterby se leva, mit sous clef tous ses papiers, endossa son gros paletot et descendit dans la rue, où, tout en marchant, il jeta des regards approbateurs sur les magasins, dont les splendeurs inaccoutumées annonçaient l'approche de Noël.

Il se rendit tout droit chez Mme Jones, et, comme si la chose eût été combinée, il trouva miss Rye seule au logis. Agissant en vieil habitué de la maison, il ôta son paletot, s'établit au coin du feu, et sut fort adroitement faire tomber la conversation sur le sujet qu'il voulait éclaircir. La frayeur et l'agitation de miss Rye croissaient à chaque mot; il se décida à frapper le grand coup et annonça, comme une grande nouvelle, que Godfrey Pitman était retrouvé. Alletha perdit le peu de sang-froid qui lui restait.

— On l'a retrouvé! dit-elle haletante.

— Du moins on sait où il est, et il ne s'écoulera pas un siècle avant qu'on mette la main dessus. Je parierais ma canne contre votre dé d'argent qu'aux prochaines assises on le verra comparaître entre deux gendarmes.

— Gardez-vous de l'arrêter, il est innocent, il n'a pas commis le meurtre dont on l'accuse. Que diriez-vous si je déclarais que le meurtrier, c'est moi?

— Vous, miss Rye!

— Oui, poursuivit-elle avec exaltation, je sais que ce n'est pas Gotfrey Pitman, il n'est pour rien dans ce malheur. Faites de moi ce que vous voudrez, cela m'est égal.

Butterby manifesta par son silence la stupéfaction qu'il éprouvait ; l'étonnement, l'incrédulité, la surprise lui coupaient littéralement la voix. Alletha vint vers lui les mains jointes, les regards suppliants.

— M. Butterby, dit-elle, je vous en conjure, ne poursuivez pas Gotfrey Pitman ; au nom du ciel, ayez pitié une fois en votre vie, laissez retomber ce crime dans l'oubli !

Miss Rye, hors d'elle-même, s'assit et éclata en sanglots.

Butterby la considéra attentivement, puis il remit son paletot et le boutonna d'un air pensif. Alletha saisit sa main et la serra convulsivement. — Promettez-moi le secret, dit-elle, ne partez pas sans me l'avoir promis.

— Je n'ai pas le droit de faire de semblables promesses, répondit-il formellement, mais avec bonté ; laissez-moi réfléchir un peu à tout ceci. Restez là, restez là, je trouverai bien la porte tout seul.

CHAPITRE XXVIII.

LES MENACES DE BUTTERBY.

— Que je sois pendu si j'y comprends goutte,
dit Butterby dès qu'il fut dans la rue. A-t-elle
fait le coup ? Veut-elle détourner les soupçons
qui pèsent sur l'autre ? En tout cas, c'est une
courageuse enfant. Il m'en coûterait de l'accuser... Au fait, j'oubliais son *speech* sur la tombe ;
elle n'aurait pas fait cette démarche si elle avait
eu le meurtre sur la conscience. Évidemment
elle veut sauver ce Winter. Mais lui, pourquoi
aurait-il tué ce pauvre jeune homme ? Par jalousie, peut-être ? Il faut voir, il faut voir.

M. Butterby interrompit son monologue et
tourna rapidement le coin de la rue ; il venait

d'apercevoir Mme Jones, et il n'avait aucune envie de la rencontrer en ce moment.

Le soir de ce même jour, Bede Greatorex sortait des bureaux pour monter au salon, lorsque M. Butterby se présenta inopinément devant lui, ce qui lui causa une sensation particulièrement désagréable. Butterby était moins réservé que de coutume; il entra en matière sans préambule, parlant de révéler tout ce qu'il savait sur le compte de M. Brown.

— C'est justement ce que vous m'avez promis de ne pas faire, dit Bede effrayé.

— Oui, et à cause de cette belle promesse, mon chef m'a donné sur les doigts, et ma réputation est compromise.

— Avez-vous dit que vous agissiez par mon ordre?

— Je n'ai rien dit du tout, j'ai laissé croire que je cherche Pitman aux quatre points cardinaux.

— Personne ne sait donc encore la vérité sur les différents noms de Brown?

— Aucun de ces lurons n'a été assez fin pour flairer ce mystère.

— Alors, continuons notre système et dérou-

tons-les; je vous en dédommagerai amplement,
Butterby.

— Un moment, M. Bede Greatorex. Je veux
vous obliger (et je crois que je vous en ai donné
la preuve). Quand je veux dérouter nos agents,
c'est bientôt fait, et je n'y vois aucun mal ; mais
écoutez-moi bien, je ne puis pas empêcher que le
secret n'éclate bientôt ; le pourrais-je que je ne
sais pas si je le devrais. Toutes vos récompenses
ne me décideraient pas. La chose marche, dans
peu de jours tout sera probablement dévoilé.

Le ton décidé de Butterby, l'expression particulière de son regard, le geste significatif de
sa main, produisirent sur Bede un singulier
effet ; un tremblement nerveux l'agita des pieds
à la tête, des gouttes de sueur froide perlèrent
sur son front décoloré.

— Si vous pouviez... éloigner... Brown ! dit-
il sans se rendre compte des paroles que ses lèvres contractées laissaient échapper.

— Est-ce à moi que vous faites une semblable
proposition ? demanda Butterby d'un ton sévère ;
j'ai bien voulu ne pas parler quand je l'ai pu
honnêtement : me proposer d'aider un criminel à
s'évader, c'est autre chose. Je veux oublier cette

injure; mais avant de quitter ce sujet, dites-moi en quoi l'éloignement de Brown vous semblerait bon.

Bede ne répondit pas, il était presque sans forces, pâle, le regard fixe et désolé.

Butterby reprit :

— Vous supposez Brown innocent, c'est bien; en direz-vous autant si j'accuse une femme ?

— Une femme ?

— Oui, Alletha Rye.

Bede, qui s'était levé brusquement, retomba dans son fauteuil d'un air soulagé. Sa voix était redevenue naturelle lorsqu'il demanda :

— Pourquoi accusez-vous miss Rye? Est-ce qu'il y a quelque déposition contre elle ?

— Je ne suis pas encore tout à fait au clair, mais la solution marche grand train.

— Arrêtez Alletha si cela vous plaît, pourvu que vous laissiez Brown hors de question.

A son tour, Butterby resta silencieux; une multitude d'impressions nouvelles s'agitaient dans son esprit sans qu'il pût arriver à une solution.

— Encore un mot et je pars, dit-il enfin; aussi longtemps que Gotfrey Pitman a été censé hors

du pays, j'ai pu détourner les soupçons; à présent
qu'on le cherche à Londres même, je ne puis plus
cacher ce que je sais. D'ailleurs, je dois tenir
parole à M. Henry Ollivera tout aussi bien qu'à
vous.

Bede vit à peine le profond salut que lui fit
Butterby en se retirant; plongé dans ses souvenirs, il en buvait jusqu'à la lie toute l'amertume,
il luttait douloureusement contre le chagrin
caché et par là même plus cruel, qui lui rongeait le cœur nuit et jour. S'il avait pu avoir un
ami assez dévoué, un frère assez compatissant
pour lui confier une partie de sa peine, il en aurait été soulagé; mais il avançait seul, jour après
jour, usant ses forces et sa vie dans la muette
contemplation de son fatal secret.

Il resta longtemps dans le bureau désert, oubliant l'heure tardive et n'entendant pas sa
femme qui, brillante et parée, descendait l'escalier embaumé de fleurs pour venir recevoir
ses convives au salon. Louisa devait aller en
soirée et, quoiqu'on n'eût à dîner que deux ou
trois amis arrivés sans façon au moment où l'on
allait servir, elle était déjà dans sa splendide
toilette de bal. Sa robe de moire couleur d'am-

bre jetait de chatoyants reflets, et de sa chevelure, fantastiquement tressée, tordue et crê-
pée, tombait une longue boucle destinée sans
doute à faire ressortir la blancheur de ses épaules. Sa sœur, miss Joliffe, rivalisait d'élégance
avec elle, surtout par la forme volumineuse et
disgracieuse de son chignon, et la tête modeste
et charmante d'Annabel faisait un singulier con-
traste avec celles des deux coquettes.

En se mettant à table, M. Greatorex s'aperçut
de l'absence de son fils; il le fit prévenir, et Bede,
toujours esclave des vœux de son père, se hâta
de monter. Il avait l'air d'un spectre; il parlait
à peine, ne goûtait pas à un seul des mets qu'il
se laissait servir, et il suivit en silence M. Greatorex que quelqu'un attendait dans son cabinet.
C'était le révérend Ollivera, qui donna à son
oncle un résumé des démarches nécessitées par
la singulière attitude d'Alletha Rye. Le résultat
de l'entrevue fut l'envoi d'une dépêche à Helstonleigh, afin d'obtenir un mandat d'amener contre
Alletha, accusée du meurtre de John Ollivera.

Bede écouta, parla, agit comme à son ordinaire; mais peu après, errant à la suite de sa
femme dans les salons où elle étalait sa toilette

et sa beauté d'emprunt, il se sentait près de succomber sous le poids des tortures qui, après avoir fait le malheur caché de sa vie, semblaient au moment de laisser voir au grand jour ce qu'elles renfermaient d'opprobre et de douleur.

CHAPITRE XXIX.

L'OMBRE DU SOIR.

Pâle, affaibli mais calme, Albert Channing était étendu dans un grand fauteuil devant sa table de travail. Chez tout autre malade, les signes précurseurs de la mort se seraient déjà montrés d'une manière pénible; mais telle était la douceur particulière de ses traits que plus la fin devenait proche, plus la sérénité céleste dont ils étaient revêtus en redoublait la beauté.

La délicatesse du teint, l'éclat si doux du regard, le charme pénétrant du sourire, laissaient voir à la fois les ravages de la maladie et la paix de l'âme prête à s'envoler. Le bonheur du ciel se lisait dans ces yeux mourants, mais on y

8.

voyait aussi une expression de tristesse, celle de
la souffrance morale et du désenchantement.

Peu à peu, malgré sa répugnance, Albert avait
dû renoncer à se rendre à son bureau ; il conti-
nuait encore à écrire pour les journaux, mais
bientôt ce travail lui devint une fatigue. Chaque
jour encore, il essayait de prendre sa plume et de
tracer quelques mots ; mais quoique les médecins
ne portassent pas de jugement définitif sur son
état, quoiqu'il luttât lui-même avec énergie, il
sentait ses forces décliner chaque jour et il regardait comme très-prochaine l'issue de ce mal
sans nom qui le consumait rapidement. Une légère toux, une insurmontable faiblesse, une lassitude de tous les instants, tels étaient les symptômes que constatait la science, mais rien
n'apportait au malade le moindre soulagement.
Il s'en allait, sans douleurs, sans secousses ; ses
pensées n'avaient plus qu'un but : quitter sans
murmurer celles qu'il laissait sur la terre et qui
avaient encore tant besoin de lui.

Il était étendu dans son grand fauteuil, soigné
comme d'ordinaire dans sa mise, pâle sous sa
jaquette de velours noir ; ses cheveux brillaient
comme de l'or bruni dans le joyeux rayon que le

soleil dardait à travers la vitre. Il était plongé
dans une profonde rêverie; sa femme causait
près de la fenêtre et Ella, assise sur le tapis, à
côté de son père, sa jolie robe bleue préservée
par un tablier blanc, ses petits pieds étendus
vers le feu, habillait sa poupée avec une minu-
tieuse attention.

Un profond silence régnait dans l'appartement. Albert méditait à part lui; il jetait un regard en arrière, sur ces années si courtes, si
heureuses, qui avaient coulé d'une manière si
paisible jusqu'au jour où une plume empoison-
née avait arrêté court sa carrière d'écrivain et
brisé du même coup ses espérances et sa vie.
Certainement, le germe du mal était déjà en lui;
mais ce chagrin rongeur, ce douloureux réveil
après une si joyeuse attente, cette flagrante vio-
lation de toute justice et de toute vérité, avaient
amené promptement une issue que de tendres
soins auraient pu différer longtemps encore.

Albert ne se faisait aucune illusion, il se sentait mourir, et son prochain départ occupait
toutes ses pensées. Quand il ne songeait qu'à lui
seul, son cœur bondissait de joie, son âme soupirait après ce séjour de paix et de lumière où

l'injustice, l'égoïsme, la vengeance ne trouveront jamais accès, il avait soif de sainteté et de vie. L'effort qu'il avait dû accomplir pour pardonner aux ennemis cachés qui avaient dénigré son talent et brisé sa carrière lui faisait mieux sentir pour lui-même l'attrait du céleste pardon et, plein de confiance, il aspirait à franchir le seuil redoutable qui sépare le monde de l'éternité; mais ses regards, un moment élevés vers le ciel, retombaient sur Ellen et sur sa fille, sur ces êtres chéris qui allaient rester sans protecteur, et un ardent désir de vivre pour elles envahissait malgré lui son cœur.

— Papa, dois-je mettre à ma poupée sa robe rose ou sa robe bleue? Elle va aller se promener.

La question naïve de l'enfant tira Albert de sa longue rêverie; il tressaillit et, posant sa main sur les jolis cheveux de sa fille, il lui sourit sans parler.

—Dites-moi votre avis, papa, reprit Ella avec instance; laquelle des deux robes me conseillez-vous de mettre à ma poupée?

— La bleue, Minette, pour qu'elle soit habillée comme sa petite maman.

Mᵐᵉ Channing leva la tête; la voix d'Albert avait un accent de tristesse qu'elle ne lui connaissait pas.

—Es-tu fatigué? dit-elle, en s'approchant de lui.

— Non; pas plus que de coutume, répondit-il d'un ton faible et découragé; l'avenir s'est révélé à mes yeux, voilà tout.

— L'avenir?

— Oui, mon Ellen. Je ne peux plus lutter; j'ai toujours voulu voir le côté brillant, mais c'est fini. Je sens que mes efforts ont accéléré les progrès du mal et que je touche à la fin.

— *La fin*, Albert!

— Est-ce que tu ne le savais pas? Ah! si ce n'était pour toi et pour elle, dit Albert en montrant sa fille et en attirant Ellen plus près de lui, je m'en irais joyeusement. Ce monde béni qui entr'ouvre déjà ses portes pour me recevoir occupe mon sommeil et mes veilles; là je ne sentirai plus cette lassitude pénible qui m'oppresse nuit et jour. Hier soir, je ne sais si c'est un rêve ou une vision, — il m'a semblé que je franchissais les portes de la vie et que je me trouvais sous un ciel lumineux où tout respirait la joie et la paix.

— Et si ma poupée est sage, je la mènerai à
la promenade avec sa belle robe de soie bleue,
dit la petite voix, dont le son ne laissait jamais
Albert indifférent. Il regarda l'enfant, puis il
cacha sa tête dans ses mains. Ellen tremblait
d'émotion et cherchait en vain à retenir les larmes qui gonflaient ses yeux.

— Oh! reprit Albert, quand je songe à ma
femme et à ma fille, quand je parviens à réaliser
l'amère pensée que je vais les quitter, une douleur infinie me brise le cœur. Ellen, ma bien-
aimée, pardonne-moi la peine que je te cause;
je ne te parlerais pas ainsi, même aujourd'hui,
si je ne savais pas que tu regarderas à Dieu dans
ton affliction.

Albert appuya sa tête sur l'épaule d'Ellen qui,
en proie à la plus cruelle angoisse, voyait tomber une à une ses dernières illusions relative-
ment à la guérison de son mari. Bientôt il reprit
à demi-voix :

— L'épreuve te sera adoucie ; je prie chaque
jour pour qu'il en soit ainsi.

On vint prévenir Mme Channing qu'une
visite l'attendait au salon; elle dut sécher ses
larmes et aller subir les propos insignifiants

de Louisa Greatorex et de sa sœur, miss Joliffe.

Dès qu'elle fut sortie, Albert se pencha vers sa fille et, réunissant ses forces défaillantes, il la souleva jusqu'à lui et l'assit sur ses genoux.

— Oh! papa, doucement! dit la petite, ma poupée est fatiguée, elle va s'endormir.

— Que dirait Ella si elle apprenait que moi aussi je suis fatigué et que je vais bientôt m'endormir?

Ella se laissait bercer dans les bras de son père tout en berçant sa poupée dans les siens.

— Vous êtes fatigué, papa?

— Un peu, ma chère.

— Alors dormez, ma poupée ne fera pas de bruit.

— Quand viendra le sommeil dont je parle, je ne me réveillerai plus jamais.

— Jamais, jamais? dit l'enfant, ouvrant avec étonnement ses grands yeux bleus.

— Jamais ici.

— Ma bonne m'a raconté l'histoire d'une princesse qui dormait la tête couronnée de roses, et qui aurait toujours dormi si un beau prince n'était pas venu la réveiller.

Le père écoutait le babil de sa fille; ses lèvres

tremblantes montraient son agitation: cependant
nul n'aurait pu deviner la poignante angoisse
qui lui déchirait le cœur.

— Ella, dit-il enfin d'une voix émue, écoute-
moi bien. Suppose que j'aie à faire un long
voyage et que maman n'aie que toi pour la consoler: ne voudrais-tu pas être pour elle une
bonne fille? Aime-la, mon enfant, sois aimante
et soumise, obéis à son moindre signe, aime-la
pour nous deux.

— Allez-vous faire un long, long voyage ?

— Oui, ma fille, bien long.

— Mais quand reviendrez-vous, cher papa ?

— Jamais.

— C'est donc bien loin ! Où est-ce ?

— Au ciel.

Ella mit ses bras autour du cou de son père et
fixa ses yeux sur les siens.

— Aller au ciel, dit-elle doucement, c'est
mourir !

— Oui, ma fille.

La poupée tomba, les traits de l'enfant se voi-
lèrent, ses larmes mouillèrent les mains d'Albert.

— Oh ! ne mourez pas ! dit-elle en sanglotant,

ne mourez pas! Je ne peux pas me passer de
vous!

— Dieu prendra soin de toi, Ellen.

Ella tressaillit; une fois, une seule, son nom
véritable avait remplacé le diminutif amical
usité dans la famille: c'était le jour où son grand-
père Channing était mort.

— Dieu te gardera, t'aimera et sera ton père,
reprit Albert; si tu l'aimes et le sers fidèlement
il nous réunira tous un jour. Ne pleure pas, ma
chère.

— Oh! ne partez pas! Qu'est-ce que nous ferons sans vous? Vous n'aimez donc ni maman
ni moi, puisque cela vous est égal de nous
quitter!

Ces mots furent la goutte qui fait déborder le
vase. Pour la première fois, Ella vit pleurer son
père, elle resta interdite à l'ouïe des sanglots
qui soulevaient sa poitrine et des mots entre-
coupés qui s'échappaient de ses lèvres. Si jamais
Albert pria avec ardeur pour Ella et pour sa
mère, ce fut bien pendant le moment d'angoisse
où il pleurait avec tant d'amertume en serrant
sa fille dans ses bras.

Quand Ellen revint auprès de lui, elle le trouva

endormi de fatigue; refermant la porte sans
bruit, elle retourna au salon et s'accorda le soulagement de laisser couler sans contrainte les
larmes qu'elle avait dû refouler pour ne pas af-
fliger Albert. Elle était forte et courageuse; avec
lui elle aurait tout supporté, mais elle se sentait
défaillir en présence du sacrifice qui lui était
demandé.

Roland Yorke la surprit au milieu de son chagrin. Il n'entrait plus dans cette maison comme
il l'aurait fait autrefois; il ouvrait et fermait les
portes avec précaution, et la manière silencieuse
dont ses bottes frappaient le plancher étonnait
ceux qui connaissaient ses manières vives et
bruyantes. Cette fois il regarda Mme Channing
en face, tout consterné à la vue de ses larmes,
et il s'assit plein d'anxiété.

— Est-il plus mal? dit-il à voix basse.

— Non, répondit Ellen; la faiblesse augmente,
mais aucun symptôme alarmant ne s'est mani-
festé. Cependant je n'ai plus d'espérance, la fin
approche; il s'en va, et il le sait.

Roland tressaillit; il lui sembla qu'une lame
aiguë venait de lui traverser le cœur.

— Parlez plus clairement, dit-il, ne me tenez

pas sur des charbons ; voulez-vous dire qu'Albert
va mourir ?

— Il n'y a plus d'espoir, il n'a pas la force de
lutter contre son mal !

— C'est impossible, hier il paraissait mieux, il
causait comme à l'ordinaire.

— Il n'est pas mieux, il décline de jour en
jour.

— Quel monde déplorable que celui où nous
vivons ! Voir mourir un homme si jeune, si beau,
si digne d'affection ! Ne peut-on pas le guérir ?
Quel nom donnez-vous à sa maladie ?

— Ces revues lui ont brisé le cœur, murmura
Ellen ; un homme moins impressionnable et plus
fort de santé en aurait souffert, mais aurait repris
le dessus. Albert a été accablé par ce coup. Il
n'a jamais été robuste, la ruine de ses espérances l'a complétement anéanti.

Yorke laissa échapper un gémissement. Les
paroles d'Ellen confirmaient ses propres soupçons ;
il avait toujours attribué le déclin d'Albert à
l'affreux désenchantement qu'il avait éprouvé
lorsque son talent et ses généreuses intentions
furent calomniés devant le public.

Mme Channing pleurait en silence ; Roland,

aussi désolé qu'elle, tordait ses favoris en regardant le feu fixement. Bientôt l'expression de
tristesse qui couvrait ses traits se dissipa, il re-
noua l'entretien d'un ton presque joyeux :

— Prenez courage, Mme Channing, on peut
remonter de bien bas. Je me rappelle qu'un
jour, à Port-Natal, je pris la fièvre et je fus malade comme Albert ne l'a encore jamais été, je
crus que j'allais mourir. Je rêvai d'Helstonleigh,
de tous mes amis, je vis passer Arthur et Albert.
Albert s'arrêta près de moi en souriant et me
dit, de sa voix si gaie : Courage, mon ami, vous
allez être guéri ! Vous voyez que cela s'est réa-
lisé. Albert guérira lui aussi; consolez-vous,
Mme Channing. Oh ! si je pouvais au moins bous-
culer deux ou trois de ces journalistes ! Si j'é-
tais riche, j'offrirais mille francs de récompense
à quiconque me dirait leurs noms.

— La vengeance ne ferait aucun bien à Albert,
mais je ne puis comprendre qu'il ait des ennemis. L'éditeur est porté à croire que tous ces
articles sont d'un seul auteur, et cela me paraît
probable.

— Très-probable, en effet, répartit Roland
d'un air sombre. Où est Albert ?

— Dans son cabinet ; il s'est endormi.

Roland traversa le salon sur la pointe du pied et entr'ouvrit doucement la porte. La lueur du feu rayonnait dans la pièce et éclairait le pâle visage d'Albert. Ses traits portaient l'empreinte de la mort, mais une expression indéfinissable y répandait un charme nouveau ; un paisible sourire errait sur ses lèvres décolorées et semblait indiquer que, même dans ses rêves, le mourant était consolé par de célestes visions.

Roland ferma la porte avec précaution et revint auprès d'Ellen, qui se levait pour recevoir Gérald.

Gérald venait d'apprendre que la maladie de M. Channing prenait une tournure inquiétante ; au début il avait souri en lui-même, se réjouissant de voir la plume de ce rival dangereux réduite momentanément au silence ; mais lorsqu'il sut que toute espérance de guérison était perdue, il crut devoir faire à Mme Channing une visite de politesse.

— Vous êtes bien rare dans notre maison, dit Ellen en tendant cordialement la main à Gérald. Qu'est-ce qui vous a retenu si longtemps loin de nous ?

— J'ai été horriblement occupé, madame.
Est-il vrai, comme on vient de me le dire, que
votre mari est mourant?

— Je ne t'aurais jamais cru capable de parler
avec si peu de ménagements, cria Roland indigné.

— Les mots ne font aucune différence, dit tristement Ellen; Gérald n'a dit que la vérité, et je
ne puis plus me faire illusion.

— Veuillez m'excuser, reprit Gérald d'un ton
amer, quelle est donc la maladie de votre
mari?

Ellen raconta en deux mots les déceptions
d'Albert et le déclin rapide qui avait suivi l'apparition des cruelles *revues.*

— Il avait mis tout son cœur dans son œuvre,
dit-elle, il y avait répandu à profusion les nobles
pensées que Dieu lui inspirait et il croyait faire
du bien, mais quelques lâches envieux ont brisé
ses espérances. Ils ont tué l'ouvrage, j'espère
que c'est involontairement qu'ils ont, du même
coup, tué l'auteur.

Les yeux de Gérald avaient une expression
sinistre qui faisait mal à voir.

— Je ne comprends pas bien, dit-il; ces articles étaient un peu violents, c'est vrai, mais comment cela peut-il tuer un homme?

— Trouve-moi celui qui a écrit ces indignes pages, dit Roland; toi qui connais tous les journalistes, trouve-moi le lâche coquin dont la plume a craché ces sottises et je le payerai de sa peine, intérêts et capital. Tu l'entendras hurler et tu verras s'il est à son aise sous ma main!

Gérald tourna le dos à son frère, Ellen reprit avec émotion :

— Je ne crois pas que pour tout autre le coup eût été aussi sensible, pour Albert il a été mortel. Il anéantissait le rêve de sa jeunesse et, venant après des travaux au-dessus de ses forces, il a été sans remède. Chez certaines natures, les épreuves morales brisent le cœur et amènent promptement la mort.

— C'est être par trop sensible, dit Gérald, comme s'il eût voulu repousser une accusation personnelle; ces natures-là ne devraient pas habiter notre monde.

— Aussi n'y restent-elles pas, reprit Ellen avec douceur. Elles nous laissent admirer un moment leur beauté, puis elles remontent vers le ciel.

Roland était silencieux dans son coin, Gérald passait et repassait sa main sur ses joues livides, dans le vain espoir d'y amener un peu de couleur.

— Je n'aurais pas cru, dit-il, qu'il y eût des hommes assez délicats pour mourir d'un article de journal. Est-ce que cela... *cela* le trouble?

— L'approche de la mort? Oui, lorsqu'il pense à nous quitter; pour lui-même, il est plein de paix.

— Je suis loin d'Albert et d'Arthur en toutes choses, dit Roland, surtout je ne suis pas charitable comme eux; aussi je me permets de souhaiter que le misérable auteur des critiques soit poursuivi par les plus cruels remords quand il apprendra le résultat de sa méchanceté. Le meurtrier de John Ollivera n'est pas plus coupable que lui.

Gérald se leva brusquement; Ellen le pria d'attendre, lui disant qu'Albert serait bien aise de le voir à son réveil; Gérald répondit avec hésitation qu'il était pressé et ne pouvait passer une minute de plus.

— Reste, lui dit Roland, reste, puisque cela

doit faire plaisir à Albert ; si tu voyais sa physionomie, elle est si douce et si paisible que cela fait du bien de la regarder.

Gérald n'écouta pas et descendit presque sans dire bonjour. Roland allait le suivre, mais il s'arrêta pour dire un mot d'amitié à Mme Channing.

— Écoutez-moi, dit-il, ne laissez pas Albert se tourmenter à votre sujet. Je sais qu'il s'afflige de vous laisser sans fortune, mais je travaillerai pour vous. Mon cousin Dick me trouvera quelque bonne place, pour sûr, et je prendrai soin de vous et d'Ella en même temps que d'Annabel. Adieu, Mme Channing.

Généreux mais pauvre Roland ! Il aurait volontiers pris soin du monde entier, oubliant que sa bourse était vide.

Il courut après son frère et, tout absorbé dans ses vives inquiétudes, il lui parla d'Albert sans se préoccuper du froid dédain qui accueillait ses paroles.

— Vois-tu, Gérald, je ne m'accoutume pas à l'idée que cet excellent Albert va mourir, lui, si bon, si généreux, si aimable ; si c'était toi, ou moi, encore passe, mais lui !

9.

— Parlez pour vous, s'il vous plaît, riposta Gérald.

— Et dire qu'il laisse sa femme et sa fille sans fortune, cela me désole. Pour l'amour d'Albert, je travaillerais volontiers nuit et jour afin de faire vivre Mme Channing et cette délicieuse petite Ella.

— Albert n'est pas mourant, quoi qu'on en dise; un homme ne meurt pas pour avoir été brossé par un journal. Les femmes exagèrent tout et d'un rien font une montagne. — Ne venez pas plus loin, nous n'allons pas du même côté.

Après cette gracieuse remarque, Gérald quitta Roland sans même le saluer et se retira chez lui avec l'intention de gronder vertement Winifred, qui lui avait laissé croire qu'Albert allait mourir lorsqu'il n'était qu'indisposé. Une heureuse circonstance détourna un peu l'orage; il trouva une lettre de sir Richard l'invitant à partir le lendemain pour venir chasser à Beau-Soleil.

— Hourrah! se dit Gérald, voilà Dick de retour et il m'invite. Il faudra qu'il soit bien fin si je ne lui escroque pas quelques milliers de francs pour m'aider à me maintenir sur l'eau!

CHAPITRE XXX.

UNE PARTIE DE CHASSE.

Le domaine patrimonial des Yorkes méritait parfaitement son nom; le joli coteau que dominait la villa de sir Richard recevait en plein les rayons bienfaisants du soleil et cachait sous de beaux ombrages ses gazons veloutés et ses fleurs aux fraîches couleurs. Des bois touffus, de vertes prairies, une chaîne de collines fuyant à l'horizon présentaient un charmant coup d'œil, et la maison, petite mais très-soignée, plaisait dès le premier regard.

Dans la confortable salle à manger, devant un feu brillant et une table bien servie, sir Richard et Gérald Yorke déjeunaient en tête-à-tête avant de partir pour la chasse. Leurs compagnons parcouraient déjà la plaine, mais sir Richard aimait trop ses aises pour renoncer au repos du matin et se mettre en campagne dès l'aube par cette belle mais froide journée.

Arrivé depuis la veille, Gérald savourait l'agrément de sa situation et usait avec complaisance de l'argenterie resplendissante et de la porcelaine de Chine qui couvraient la nappe damassée. Il s'était, il est vrai, attendu à mieux ; il aurait cru que le chef de son illustre famille ne se serait pas contenté à moins d'un château féodal : cependant il trouvait la maison confortable et il venait d'être mis en bonne humeur par la proposition inattendue que lui fit sir Richard d'être son garçon d'honneur.

Pendant qu'il répondait à cette offre amicale avec ce ton affecté qu'on trouvait à la mode dans les salons qu'il fréquentait, une question de son cousin détruisit la satisfaction qu'il éprouvait.

— Avez-vous vu Roland avant de partir? disait sir Richard.

-— Oui, répondit Gérald, mais ne gâtez pas mon déjeuner en me parlant de lui. — Voilà un pâté de perdreaux qui est excellent!

— Ce dindonneau n'est pas mauvais non plus,
prenez-en. — Voulez-vous une tasse de café ? —
A présent, contez-moi un peu les nouvelles :
savez-vous comment va M. Albert Channing ?

Gérald pâlit; son cousin abordait-il exprès
tous les sujets qui lui étaient antipathiques? Il
prit sa tasse et aspira lentement une gorgée de
café.

— Jamais personne ne m'a fait une plus
agréable impression que M. Channing, reprit
sir Richard; sa physionomie m'a plu tout de
suite et, lorsque j'allai chez lui pour voir William Yorke, à l'époque de la mort de mon père,
il me fit un si cordial accueil, que je me sentis de
plus en plus attiré vers lui. Je l'ai invité à venir
passer quelque temps à Beau-Soleil, mais je l'attends encore. On dit qu'il est malade; savez-
vous ce qu'il a?

— Oui : il meurt de dépit rentré; il a écrit un
livre, et le public n'en a pas voulu.

— Gérald, vous vous trompez. Je l'ai lu, ce
livre, et je vous déclare que c'est un chef-d'œuvre. Les critiques l'ont dénigré, dit-on; c'est un
acte indigne, mais le public a déjoué l'infernal
complot des envieux : le livre de M. Channing

se répand de plus en plus et remonte à la place qui lui est due.

— Qui a dit cela? balbutia Gérald.

— Tout le monde; mon libraire m'en parlait hier encore. A propos, donnez-moi un renseignement : est-il vrai qu'une sœur de M. Channing soit fiancée avec Roland?

— Moins nous parlerons de Roland mieux cela vaudra, cria Gérald irrité; il ne mérite pas qu'on s'occupe de ce qui le regarde!

Il était écrit que le bon déjeuner de Gérald serait troublé jusqu'au bout par le nom de ce frère qui lui semblait un tel fardeau. Un domestique apporta le courrier, et sir Richard lut tout haut la lettre suivante, qu'il interrompit souvent pour rire aux éclats :

A sir Richard Yorke.

Mon cher Dick,

M. Greatorex a dit hier devant moi que vous cherchez un intendant pour votre ferme. JE VIENS ME PRÉSENTER POUR CETTE PLACE!!! Bon! c'est écrit, et en grosses lettres encore, afin que vous n'en puissiez pas douter. Je suis votre cousin, il est vrai, et un intendant n'est,

au fond, qu'un domestique de première qualité ;
mais je serai tout fier si vous me choisissez et je
serai fidèle à tous mes devoirs. Je me tiendrai à
ma place, je ne vous appellerai jamais mon cousin, et ma femme n'ira voir la vôtre que si vous
le lui permettez. Je serai votre intendant, vous
serez mon maître.

Je me garde bien de vous laisser croire
que je suis un bon fermier ; mais si la per-
sévérance et la bonne volonté suffisent, vous
verrez comme je serai vite au fait. Port-
Natal m'a appris bien des choses ; en particulier,
je suis bon charretier et j'ai la main heureuse
pour élever les petits cochons. Vous savez que
j'en ai conduit de grands troupeaux là-bas et que
leur obstination m'a donné des leçons utiles. Je
sais aussi retourner le foin, car j'étais toujours
le premier à courir chez le vieux Pierce d'Helstonleigh quand on fanait dans ses grandes prairies.

Vous ne demandez pas, je suppose, que je batte
le blé moi-même ; cependant, si vous y teniez, je
suis bien assez fort pour le faire et je m'y mettrais de bon cœur. Prenez-moi, Dick ; je me lè-
verai dès l'aube pour soigner les petits agneaux

et je me tuerai d'ouvrage pour vous faire plaisir. De plus, je serai tout dévoué à vos intérêts, ce qui est rare, puisque, dit-on, les intendants font leurs choux gras et ruinent ceux qui les emploient.

Quant au traitement, vous le fixerez vous-même. Vous ne me donnerez pas moins de deux mille francs pour commencer, n'est-ce pas? Et, si je vous satisfais, vous doublerez bien la somme au bout de la première année? Peut-être me donnerez-vous quatre mille francs dès le début : cela m'irait, mais si je signale des sommes trop fortes, ne m'en veuillez pas, je parle au hasard, n'ayant su de ma vie ce que gagne un intendant.

Je me figure qu'il est facile de se procurer quelque joli cottage pas cher; peut-être même avez-vous, sur vos terres, une petite maison réservée à l'intendant.

A propos, j'oubliais de vous dire que je me tiens solidement à cheval et que je fais filer ma monture comme une locomotive. Je galoperais sur un bœuf, pour peu que cela vous fît plaisir; je l'ai assez appris à mes dépens en luttant contre les troupeaux sauvages de Natal.

Je crois que je n'ai pas autre chose à vous

dire. De grâce, mon cher Dick, essayez-moi! Vous verrez comme je vous servirai. Je suis fort comme quatre, je ne manque ni d'activité, ni d'énergie; si vos terres dépérissent entre mes mains, ce ne sera pas faute de les parcourir du matin au soir. Mon but est de trouver une place sûre qui me permette de me mettre en ménage et de faire vivre ma femme sans qu'elle soit obligée de prendre des élèves.

La maison Greatorex vous donnera de bons renseignements sur mon compte; si j'ai pu contenter ces messieurs, jugez de ce que je ferais pour vous, car écrire m'assomme et j'adore les travaux des champs.

Auriez-vous la bonté de me répondre bientôt? Si vous m'acceptez, il faut que je commande, chez le tailleur de l'oncle Carrick, des guêtres et mille autres choses pour courir sur vos terres.

En vous souhaitant un joyeux Noël (meilleur qu'un des miens à Port-Natal, où j'eus rien du tout pour déjeuner et la même chose pour dîner), je reste, mon cher Dick,

Votre tout dévoué

Roland YORKE.

La mine renfrognée de Gérald valait la
peine d'être vue pendant que son cousin lisait
cette lettre, et lorsqu'il la lui tendit pour qu'il
la lût à son tour, il la repoussa comme s'il eût
craint de salir ses doigts en y touchant.

— J'espère que vous allez renvoyer cette épître
à son auteur sans daigner y répondre! dit-il avec
aigreur.

— Pourquoi? je répondrai à mon premier moment de loisir. Laissez-moi vous le dire, Gérald,
il me semble que vous n'appréciez pas Roland à
sa juste valeur.

— A sa juste valeur! Je voudrais bien savoir
ce qu'il vaut! Il se traîne dans la boue et couvre
de ridicule l'honneur jusqu'ici intact de notre
famille.

— Sa famille, excepté moi, peut-être, n'a pas
l'air de s'inquiéter beaucoup de ce qu'il devient.
Pour moi, j'aime ce caractère ouvert et décidé :
Roland est un brave jeune homme.

— Ne l'appelez pas un jeune homme, il a près
de vingt-huit ans.

— Il n'en a pas dix-huit, si on en juge par sa
bonhomie et sa naïveté.

— Voyez tout ce qu'il raconte? dit Gérald,

dont la colère croissait de minute en minute,
voyez à quel langage il s'abaisse; il nomme en
toutes lettres les petits cochons! Toute dignité
est morte dans son cœur et les plus vulgaires
idées ont pris sa place.

— Il parle honnêtement de sa situation et
l'expose telle qu'elle est, reprit sir Richard, qui
mangeait du bout des dents une rôtie et un œuf
à la coque. Il n'a pas la coupable faiblesse de
vivre d'emprunts et de se dire plus riche qu'il
n'est, selon la mode de nos jours. J'approuve sa
franchise.

— Est-ce qu'en réalité vous cherchez un intendant? demanda Gérald, que les paroles de
son cousin mettaient mal à l'aise.

— M. Greatorex m'en a trouvé un. Le pauvre
Roland arrive trop tard. Mais parlons un peu
de vous, Gérald, vous êtes en bon chemin,
dit-on?

— Loin de là, je suis fort gêné.

— C'est toujours ce que vous me dites, répartit sir Richard en riant.

— Vieil avare! pensa Gérald, ce rire ne me
dit rien de bon quant au prêt d'argent que je
veux lui demander. Il ne vaut pas plus que son

père, un parfait égoïste qui ne m'a jamais prêté un centime. La fortune est bien aveugle de doter ceux qui la servent si mal. Voilà mon propre cousin, qui certes ne me vaut pas, et qui jouit de cent mille francs de rente, sans conter que miss Frehern va lui en apporter autant le jour de son mariage. Pour comble, il est chiche comme deux et m'invite ici pour trois jours, moi qui comptais y passer l'hiver !

— Servez-vous donc, Gérald, vous ne mangez rien.

— J'ai suffisamment, merci. Vous ne passez donc pas les fêtes ici, Richard ?

— Non certes; après-demain je repars avec vous pour Londres, d'où je me rendrai directement à Paris.

— A Paris ! dit Gérald, dont les yeux respiraient l'envie.

— Oui, miss Frehern m'y attend avec sa famille. Nous y passerons le nouvel an, afin de voir les boutiques et d'acheter des bonbons.

— Que ces bonbons t'étouffent ! pensa charitablement Gérald en quittant la table.

Sir Richard aimait trop peu la chasse pour se donner le luxe d'une meute et d'un piqueur; il ne possédait que deux fusils et un chien, un bel épagneul nommé Spot, grand favori de son maître, et qui poussa des cris de joie en le voyant prêt à sortir.

Gérald n'avait chassé de sa vie, mais il ne lui serait pas venu dans la tête d'avouer qu'il ignorait un art à la mode. Il prit les fusils, les tourna en tous sens d'un air connaisseur et en choisit un après de longues réflexions.

— En route, dit sir Richard, c'est mon dernier jour de chasse pour la saison ; mais je n'en suis pas fâché, car c'est un plaisir vraiment fatigant. Partons, allons rejoindre nos amis.

On rencontra bientôt les chasseurs, en tête desquels marchait le colonel Clutton, proche voisin de sir Richard, qui ne faisait jamais une partie de chasse sans lui.

— On dirait que ce monsieur n'a pas manié un fusil depuis qu'il était en nourrice, murmura le domestique du colonel en voyant l'air inexpérimenté de Gérald.

Sir Richard regarda son cousin et le rappela à l'ordre.

— Soyez prudent, dit-il, un bon chasseur ne tient jamais ainsi son fusil.

— Que voulez-vous dire? cria Gérald fort offensé.

— Ne faites pas de malheur, voilà tout, reprit sir Richard en riant.

Quelque douce que fût cette remontrance, elle avait piqué au vif l'orgueil de Gérald; il voulut montrer une parfaite habitude du maniement des armes et tint son fusil plus étourdiment que jamais. Dix minutes ne s'étaient pas écoulées qu'en franchissant une haie, il fit partir le coup.

La détonation fut suivie d'un cri; tous les chasseurs arrivèrent en courant auprès de sir Richard, qui gisait sur l'herbe à quelques pas de Gérald.

— N'approchez pas, monsieur, lui cria le colonel, n'ayez pas l'audace de vous joindre à nous si vous ne savez pas manier un fusil!

Gérald tremblait de peur et de rage; il n'aurait pas pu dire si son arme s'était accrochée dans la haie où s'il l'avait maladroitement déchargée lui-même, mais il sentait toute l'étendue de son imprudence.

— Ne vous effrayez pas, ce ne sera rien, dit sir Richard avec bonté; seulement, Gérald, vous auriez dû avouer que vous n'êtes pas habitué à vous servir d'un fusil.

Sir Richard se tut; ses amis bandaient provisoirement sa jambe blessée et Spot, appuyé contre son maître, lui léchait la figure en poussant des gémissements plaintifs.

— Voyez l'instinct de cet animal muet, dit le garde-chasse du colonel, il devine ce qui s'est passé et pleure comme s'il avait de la raison.

— Voilà mon voyage à Paris compromis, murmura sir Richard pendant qu'on le transportait chez lui.

— Courage, mon cher Dick, répondit le colonel en prenant un air riant; cette blessure ne sera rien et votre mariage ne sera pas différé. Ne parlez pas, ne vous agitez pas, ce ne sera rien, rassurez-vous.

Sir Richard suivit docilement le conseil du colonel; un peu douillet de sa nature, il se soumettait sans difficulté à tout ce qui pouvait hâter sa guérison. Un chirurgien habile fut appelé et, après l'extraction des grains de plomb qui avaient traversé la jambe, le malade fut confortablement établi dans son lit, où on le laissa se reposer.

Gérald attendait le docteur dans le vestibule ; dès qu'il parut, il se dirigea vers lui et demanda comment se trouvait le blessé.

— Ce genre d'accident est toujours sérieux, répondit le chirurgien ; cependant je n'ai pas d'inquiétudes, car sir Richard sera un patient docile, et presque tout dépend de là.

— L'état de mon cousin n'offre donc pas de danger ? dit Gérald d'un air de soulagement.

— Ah ! c'est monsieur Yorke, le chasseur dont le fusil s'est malheureusement déchargé ? Rassurez-vous, monsieur, j'espère que tout ira bien.

Fort tranquillisé, Gérald demanda à voir le baronnet, qui le reçut sans rancune, lui recommandant seulement de ne se joindre aux chasseurs que lorsqu'il aurait appris à manier un fusil. Gérald avoua qu'il avait *un peu perdu* son adresse habituelle, se gardant bien d'ajouter qu'il n'avait pas tiré un seul coup depuis qu'il jouait avec un pistolet dont la balle était représentée par un bouchon retenu par une ficelle.

Sir Richard parla amicalement à son cousin, mais il ne lui demanda pas de prolonger sa visite, et lorsque Gérald lui offrit de s'établir à Beau-

Soleil pour lui tenir compagnie, le malade avoua
qu'il avait besoin de repos et préférait être seul.
Gérald repartit donc ce même soir la rage dans
le cœur. Cette partie de campagne, dont il attendait tant de plaisir, s'était réduite à deux courtes
journées terminées par un fatal accident, et il
s'en retournait la poche vide, car, malgré sa
froide indifférence pour tout ce qui n'était pas
lui, il possédait assez d'usage du monde pour ne
pas demander un prêt d'argent à un homme dont
il venait de mettre les jours en danger.

_____

CHAPITRE XXXI.

GOTFREY PITMAN, WINTER OU BROWN?

Le révérend Ollivera parcourait sa chambre
à grands pas, en proie à une agitation extraordinaire. Il était arrivé à une conclusion qu'il
cherchait depuis bien des années, et (ce qui est
souvent le cas) loin de le soulager, le résultat de
ses recherches lui causait un réel chagrin. Il
avait appelé de ses vœux le jour où il pourrait
déclarér publiquement que son frère n'avait
pas porté sur sa propre vie une main criminelle,
et maintenant qu'il croyait avoir découvert le
meurtrier, il se sentait navré de tristesse, il
restait plongé dans le plus complet étonnement.
Pouvait-il se rendre à l'évidence et accuser de

meurtre la douce et bonne jeune fille qu'il voyait si laborieuse, si austère dans sa vie, si régulière et si humble dans ses devoirs religieux? Et cependant, plutôt que d'accuser Alletha Rye, laisserait-il son propre frère sous le coup d'un injuste soupçon?

Henri Ollivera allait et venait comme dans un rêve, il ne se reconnaissait plus lui-même; mille passages de la Bible, parlant les uns de justice et de colère, les autres de charité et de support, se croisaient dans son cœur, le jetant dans des alternatives qui le rendaient presque fou : mais bientôt le pardon, le sentiment de cet amour qui nous ordonne de remettre à Dieu la vengeance, commençait à prendre le dessus dans son esprit troublé.

Un coup frappé à la porte le fit tressaillir; c'était Alletha, qui rapportait les cravates du jeune pasteur soigneusement blanchies et réparées par elle et par Mme Jones. Henri la regarda attentivement.

— Non, dit-il dès qu'elle fut redescendue, non, elle n'a pas l'air d'une coupable. Puis-je, d'ailleurs, me faire l'accusateur d'une des personnes les plus fidèles de mon troupeau et la

traîner devant le juge? C'est impossible, et
cependant...

La sonnette retentit, la porte de la rue fut
ouverte, on entendit Roland courir sur l'escalier afin de savoir qui arrivait.

— Quoi! c'est vous, Butterby, cria-t-il dans le
vestibule, que diable venez-vous faire ici?

M. Ollivera sortit de sa chambre et vit
M. Butterby qui, suivi d'un sergent de ville, se
dirigeait vers miss Rye. Le Révérend n'avait plus
à chercher sa ligne de conduite, un autre avait
pris l'initiative : M. Greatorex faisait arrêter
Alletha.

— Pourrais-je vous dire un mot en particulier? demanda Butterby de sa voix la plus
mielleuse.

— Venez-vous l'arrêter? cria Roland rouge
de colère. Vous savez bien, Butterby, que vous
tombez toujours sur l'innocent?

— Mon jeune monsieur, je vous demande en
grâce de vouloir bien vous occuper de ce qui
vous regarde. — Avancez-vous et gardez miss
Rye, Tomkins.

Ces paroles furent suivies d'un remue-ménage
général : Mme Jones, affolée de surprise et de

10.

ressentiment, apostrophait tout le monde avec aigreur; M. Ollivera allait de l'un à l'autre demandant en vain des explications; Alletha, frissonnante et terrifiée, semblait vouloir partir en hâte comme si elle redoutait l'arrivée de quelqu'un, et Roland, faisant plus de bruit que les autres, suppliait Butterby de laisser miss Rye tranquille, lui offrant comme récompense la tranche de gigot et les pommes de terre qui l'attendaient pour son dîner.

Au milieu de cette confusion, Brown parut dans le vestibule; Alletha s'élança vers lui.

— Sortez! lui dit-elle, votre présence nous gêne, je ne veux pas que vous voyiez ce qui m'attend!

Brown promena autour de lui un regard tranquille, puis, prenant Butterby par le bras, il l'entraîna dans sa chambre avec autant d'autorité que s'il eût été le grand shériff. Que se dirent-ils? On l'ignore, mais un quart d'heure plus tard, ils se dirigeaient ensemble vers la maison Greatorex, laissant Alletha sous la garde de Tomkins.

— Tous vos mystères m'assomment, grommelait Butterby; enfin, encore cette concession, et voyons s'il en résultera quelque lumière.

Si la lumière devait jaillir de l'entretien de Brown avec Bede Greatorex, M. Butterby n'était pas destiné à en voir de si tôt la clarté, car Brown insista pour entrer seul auprès de son maître, et il laissa sans cérémonie Butterby dans le corridor.

— Qu'y a-t-il, Brown? demanda Bede en voyant entrer son commis à cette heure inusitée.

Brown ferma soigneusement la porte, s'approcha respectueusement et raconta à voix basse la scène qui venait d'avoir lieu. En parlant il tenait ses yeux baissés, sans doute afin de ne pas voir la pâleur livide que ses paroles amenaient sur les traits bouleversés de Bede.

— Maudit soit Butterby pour cette folle démarche! dit Bede Greatorex quand Brown eut cessé de parler.

— Il n'a pas agi de son chef, monsieur, il a dû obéir aux ordres qui lui ont été donnés.

— Par qui?

— Par monsieur votre père. *Il faut* intervenir sans retard pour arrêter les poursuites.

A entendre le ton avec lequel furent pro-

noncés ces derniers mots, on aurait cru que
Brown était le maître et n'avait qu'à parler pour
être obéi. Bede passa fiévreusement la main dans
sa chevelure lustrée, où de nombreux cheveux
blancs se montraient depuis quelque temps.

— Il faut sauver miss Rye, répéta Brown
avec insistance.

— Oui, mais par quel moyen?

— C'est mon affaire, si personne d'autre
ne veut s'en charger.

Bede regarda son commis dans le blanc des
yeux.

— On dit que vous êtes Gotfrey Pitmann?
murmura-t-il.

— C'est vrai, ne le saviez-vous pas lorsque je
suis entré dans votre maison?

— Non certainement.

— Je croyais que vous l'aviez deviné.

Un long silence suivit ces paroles; ces deux
hommes semblaient s'examiner l'un l'autre et
s'intimider réciproquement.

— On dit aussi que votre nom est Georges
Winter, reprit enfin Bede; il y a longtemps que
je veux vous interroger à ce sujet, mais nous
avons été si occupés!

Si occupés! Était-ce bien à cause d'un surcroît de travail que Bede avait repoussé toute occasion de causer avec M. Brown? Celui-ci ne répondit pas et revint à l'affaire qui le préoccupait.

— Il faut tirer miss Rye de la situation pénible où elle se trouve; il faut la justifier sans retard.

— En mettant en danger un autre nom que le sien!

— Non, dit Brown en détournant la tête, je ne crois pas qu'il faille en venir là.

Bede tisonna le feu qui n'en avait certes pas besoin. Brown reprit :

— Il y a longtemps que je combine la manière de justifier Alletha sans compromettre personne. Sachant que je pouvais être injustement accusé dans cette circonstance, j'ai minutieusement cherché comment je prouverais mon innocence lorsque je me trouverais compromis. Je crois que j'ai un moyen.

— Parlez, dit Bede brusquement.

— En ne disant pas *tout* ce que je sais, en gardant pour moi une partie de la vérité. Je ne dirai pas que j'ai reconnu la personne que j'ai rencontrée devant la porte de M. John Ollivera au moment où je quittais furtivement la maison de Mme Jones.

Un regard, un seul, fut échangé entre Bede et son commis; ce regard en disait plus long que tout un volume. Bede se remit à tisonner, Brown tourmentait un de ses gants dont le bouton menaçait de céder sous ses doigts crispés. Il se fit un nouveau silence, plus pénible peut-être qu'aucune des heures d'angoisses traversées par Bede depuis la cruelle affaire d'Helstonleigh. Il parla le premier, comme pour fuir ses propres pensées.

— Pourquoi avez-vous si soigneusement caché votre vrai nom?

— Ce n'est pas dans *mon* intérêt que j'ai continué à me faire appeler Brown.

— Je le sais, je le sais! Brown... c'est vous qui avez pris le chèque de sir Richard?

— Oui, monsieur, vous l'aviez laissé tomber sous votre pupitre. Il me fallait payer le soir même un billet que j'avais signé étourdiment au nom de Samuel Teague, dans le temps où je le croyais mon ami. J'avais été découvert par celui à qui cet argent était dû; il me menaça de révéler tout mon passé si je ne le payais pas avant la nuit, et il était homme à exécuter sa menace. J'eus un moment l'idée de vous tout avouer et de vous demander une avance, mais le cœur me manqua.

— Pourquoi? dit Bede.

— Si mon vrai nom eût été prononcé à cette époque, il n'en serait rien résulté de fâcheux pour moi, puisque cette dette n'était pas personnelle; mais *quelqu'un* aurait été accusé dès que le prétendu Pitman eût été hors de question et je n'étais pas encore en mesure de prévenir ces terribles conséquences. — C'est en tremblant que j'aborde ces détails, monsieur.

Bede frissonna, cependant il dit : Continuez.

— Pendant que je torturais mon esprit pour sortir de cette impasse, on vint chercher le chèque de sir Richard; vous étiez sorti, M. Greatorex en signa un autre. Peu après, allant chercher quelque chose dans votre cabinet, je vis le chèque sous votre pupitre. Ma première idée fut qu'un miracle s'était produit en ma faveur; la seconde que vous, monsieur, vous-même, aviez mis là ce chèque à mon intention. Ces deux idées étaient aussi erronées l'une que

l'autre, mais j'étais comme en délire. Je courus
dans ma chambre, j'endossai l'habit et les faux
cheveux qui faisaient de moi Gotfrey Pitman et j'allai négocier le bon à la banque.
Vous savez le reste, monsieur; vous vous rap-
pelez le mot anonyme que vous avez reçu vous
disant que l'argent vous serait rapporté si vous
le réclamiez, mais qu'en en faisant le sacrifice
vous assuriez le silence de quelqu'un qui ayait
connaissance d'un fatal secret. Vous savez aussi
que la maison Johnson et Teague a reconnu
mon innocence et que je puis, sous mon nom de
Winter, me présenter partout le front levé.

— Que veniez-vous faire à Helstonleigh? dit
Bede.

— Je fuyais, monsieur; en véritable écer-
velé que j'étais, je venais de quitter la banque
Johnson comme si j'eusse été coupable. Alletha
était ma fiancée; je lui demandai asile pour
quelques heures et je pris au hasard le nom de
Pitman. Depuis j'ai travaillé sans relâche,
mais les circonstances ont été contre moi; sans
ma vieille mère, qui est à ma charge, il y a
longtemps que j'aurais et au delà remboursé la
valeur du chèque.

— N'en parlons plus, dit vivement Bede, ému à la pensée de tout ce qu'il devait à Brown.

Butterby s'impatientait, il interrompit la conférence; grande fut sa surprise lorsque Bede lui ordonna de ne pas conduire miss Rye en prison.

— M. Bede jure qu'elle est innocente, Brown, ici présent, en dit autant, s'écria Butterby, et il faut que sur leur parole je laisse courir la prisonnière ! A d'autres ! Les étoiles tomberont du ciel avant que je me laisse mener par le bout du nez. Mes ordres sont formels, je les exécuterai.

— Je vous dis qu'Alletha Rye est injustement accusée, dit Bede avec insistance.

— C'est bon ! c'est bon ! Amenez par la main le vrai coupable, et je vous donne miss Rye en échange, sans cela elle va droit au cachot.

— Vous ne savez pas, reprit Bede avec effort, quels maux affreux vous réveillerez si vous donnez suite à vos projets.

Butterby lança à Bede un regard pénétrant.

— Je m'en doute, dit-il, et je vois aussi que vous savez à qui attribuer le crime.

— Oui ! Que Dieu m'aide à porter ce fardeau !

La voix de Bede révélait un si profond désespoir que Butterby sentit frémir son cœur endurci; Brown leva les yeux et parut surpris à l'ouïe d'une déclaration qu'il regardait comme compromettante. Quelles que fussent l'agitation et les tortures morales de Bede, l'heure était venue d'agir; il dut monter auprès de son père et le prier de retirer le mandat d'arrêt qu'il avait lancé contre Alletha Rye. Il parla avec effort, accoudé sur le marbre de la cheminée, appuyant sur sa main son front brûlant, comme il l'avait fait cinq années auparavant lorsque, dans cette même pièce, il annonça à son père la mort mystérieuse de son cousin. Ses phrases entrecoupées jetaient M. Greatorex dans une grande perplexité.

— Je ne te comprends pas, dit-il; cela revient à dire que tu connais sur ce triste événement des détails que tu m'as toujours cachés.

— Non, mon père, balbutia Bede, qui rougissait en se sentant mentir, mais n'accusez pas Alletha Rye.

— Tu me tourmentes, Bede, tu me tourmentes beaucoup. Depuis longtemps tes moindres paroles me paraissent mystérieuses. Henry Ollivera

m'a déjà dit que tu sais des choses que tu ne
veux pas avouer.

Que n'aurait pas donné Bede pour tomber à
genoux devant son père et lui ouvrir tout son
cœur! Mais il recula devant cette ardente soif
de sympathie, il retint l'aveu prêt à s'échapper.

— Qu'as-tu, mon fils? dit M. Greatorex, d'où
te vient cette agitation violente? Pourquoi mes
questions te mettent-elles dans un pareil état?

Bede ne répondit pas; la porte venait de s'ouvrir, Henry Ollivera entra suivi du juge Kene.
Le terrible secret allait-il enfin éclater et jeter
au sein de cette famille la honte et le désespoir?

CHAPITRE XXXII.

LE RÉCIT DE GOTFREY PITMAN.

Butterby et Georges Winter (car on peut rendre à Brown son vrai nom) avaient suivi le juge Kene; la porte fut refermée sans bruit, tout le monde resta debout, on aurait cru assister à une conspiration. Le juge et M. Greatorex étaient près l'un de l'autre; Henry se dérobait à demi derrière les rideaux de la fenêtre; Bede, frémissant, le front contracté, s'appuyait sur le marbre de la cheminée; Winter, dont le soleil d'hiver éclairait le visage, racontait clairement, mais en gardant pour lui le nœud de la question, ce qui avait eu lieu durant la sombre nuit où John Ollivera était mort, et Butterby, l'inévitable But-

terby, avait choisi sa place de manière à surveiller d'un seul regard tous les assistants.

En quelques mots Winter exposa les circonstances qui l'avaient déterminé à fuir sous un
nom supposé et à chercher un refuge dans la
maison de Mme Jones. Les yeux de Butterby
semblaient éplucher ses paroles à mesure qu'il
les prononçait, et M. Greatorex manifesta une
surprise sans nom en découvrant que son premier
commis, cet employé modèle dont les services
lui avaient été si précieux, n'était autre que ce
Gotfrey Pitman qu'il avait fait chercher partout,
le considérant comme un faussaire et comme un
meurtrier.

Winter parlait sans manifester la moindre
agitation.

— J'étais depuis trois jours chez Mme Jones,
dit-il, lorsque l'idée me vint que je n'y étais plus
en sûreté. Je me décidai à partir. Pour mieux
dérouter les soupçons, je dis ouvertement que je
partirais à cinq heures par le train de Birmingham. Mon but était de me cacher près de la
gare et de partir à huit heures pour aller dans
une direction opposée. A quatre heures et demie
je pris congé de Mme Jones et je sortis ; quelques

pas plus loin je rencontrai un agent de police qui m'avait vu à Birmingham. Malgré ma perruque et mes lunettes, je tremblai d'être reconnu et, après avoir eu l'air d'examiner attentivement l'étalage d'un marchand, afin de laisser à l'agent le temps de s'éloigner, je rebroussai bien vîte et courus me réfugier dans ma chambre, où j'eus la chance de rentrer sans être vu.

— Un moment, dit M. Greatorex, ce devait être à peu près l'heure à laquelle mon neveu revint du tribunal, le rencontrâtes-vous?

— Non, monsieur, je ne vis absolument personne.

— Continuez.

— Je ne bougeai pas jusqu'à la nuit ; dès qu'il fit assez sombre pour que j'osasse m'échapper, je guettai l'instant favorable, ne voulant pas m'exposer à rencontrer les gens de la maison, qui n'auraient pas manqué de me demander pourquoi j'étais encore là alors qu'on me croyait déjà en route. Je ne savais comment faire : la bonne était sur la porte, le commis montait et descendait, M. Bede (j'appris plus tard son nom) vint voir son cousin. Le commis finit par venir dans sa mansarde, qui était à côté de la mienne ;

il s'habilla, redescendit et sortit. La maison rentra dans le silence; je pris mon sac bleu et je m'avançai avec précaution sur l'escalier, afin de voir si, en réalité, il n'y avait personne.

— Est-ce vous qui avez fait les taches de bougie qu'on a trouvées sur le tapis? demanda Bede, comme si, par cette insignifiante question, il pouvait arrêter ce qui allait suivre.

— Oui, monsieur, j'allumai une bougie pour chercher mon porte-crayon.....

— Continuez, dit M. Greatorex avec impatience; quand vous fûtes sur l'escalier, que vîtes-vous?

Le témoin (si tant est qu'on puisse lui donner ce nom) passa la main sur son front comme pour repousser de pénibles souvenirs.

— En descendant, reprit-il, je crus entendre le bruit d'une dispute. Je distinguai deux voix, la plus haute des deux parlait avec véhémence et d'un ton de colère. Je ne pus pas saisir les paroles qu'on prononçait.

— Était-ce la voix d'un homme? demanda M. Greatorex.

— Oui... du moins je le crois.

— Continuez.

— Presque au même instant j'entendis une détonation suivie d'un cri douloureux. Un second cri, cri d'horreur et d'effroi, retentit immédiatement, puis tout devint silencieux.

— N'avez-vous donc pas couru au secours? dit Henry d'une voix tremblante d'émotion.

— Non! — Je me suis souvent dit avec remords que c'eût été mon premier devoir. J'étais absorbé par mon désir de fuir sans être vu. D'ailleurs, j'affirme sur mon honneur que je ne crus pas à un crime. Bientôt quelqu'un s'agita dans la chambre, quelqu'un parlait à voix basse. Je crus avoir le temps de me sauver, je descendis. Comme je passais devant l'appartement de M. Ollivera, la porte s'ouvrit, quelqu'un parut. Nous eûmes aussi peur l'un que l'autre; je remontai précipitamment, la personne inconnue rentra et referma la porte. Après un assez long intervalle, j'entendis la porte se rouvrir; quelqu'un sortit, puis tout rentra dans le silence. J'hésitai encore, mais bientôt je descendis à mon tour et je gagnai la station sans être vu.

Winter se tut, personne ne bougea; pendant plusieurs minutes, chacun resta immobile sous le

11.

poids de l'inquiétude ou du souvenir. Enfin Henry Ollivera fit une question :

— Brown, est-ce un homme ou une femme que vous avez vus sortir de la chambre de mon frère ?

— Oh ! c'est un homme, répondit-il d'un ton qu'il voulait rendre indifférent.

Butterby nota cette affectation de légèreté dans un pareil moment.

— Reconnaitriez-vous cet homme si vous le rencontriez ? demanda-t-il.

— Peut-être, je n'en suis pas sûr.

— Comment avez-vous pu rester si longtemps sous mon toit sans décharger mon pauvre neveu de l'accusation qui pesait sur lui ! s'écria M. Greatorex en jetant sur Brown un regard sévère.

— Sur mon honneur, monsieur, répondit Winter avec un accent de sincérité auquel on ne pouvait se méprendre, je n'ai compris qu'assez tard la vérité sur cette triste affaire et, dès le jour où je m'en suis rendu compte, mon devoir a été de ne pas parler.

Le juge Kene écoutait presque sans respirer les paroles de Winter; accoutumé comme il l'était à scruter les récits et la physionomie des accusés, il n'eut pas de peine à se convaincre que Winter n'était pas le meurtrier.

— Seriez-vous prêt, dit-il d'un ton solennel, à affirmer par serment que ni vous ni Alletha Rye n'avez porté la main sur John Ollivera?

— Devant Dieu qui m'entend, je le jure.

— Achevez votre confession, continua le juge, nommez la personne que vous avez rencontrée en descendant.

— Je ne puis pas; elle allait vite et l'escalier était obscur.

— Vous avez dit avoir vu face à face quelqu'un qui sortait de la chambre de John et qui y rentra immédiatement.

— C'est vrai, mais je ne fis que l'entrevoir; si j'avais su ce qui venait de se passer, j'aurais regardé plus attentivement.

— Nous laisserez-vous dans une semblable incertitude? demanda Henry.

— Ce que j'ai dit suffit et au delà pour disculper miss Rye; c'est tout ce qu'il faut.

— Parlez maintenant, Bede, reprit le juge; vous m'avez dit un jour que vous en saviez plus que ce que vous vouliez avouer.

Bede s'appuya sur la table pour ne pas tomber; la chambre tournait autour de lui, et le léger pétillement du charbon dans la grille arrivait à ses oreilles comme le roulement d'un tonnerre lointain. Il pouvait à peine parler, cependant il essaya de balbutier quelques mots.

— Une circonstance, dit-il avec effort, me fait croire que Brown... que Winter ne se trompe pas et que... John ne s'est pas suicidé.

— Quelle circonstance? Pourquoi ne m'en as-tu pas parlé? dit M. Greatorex, qui seul osa prendre la parole dans un pareil moment.

— Je n'aurais pas pu en parler... je ne le peux pas maintenant... c'est si mystérieux... si terrible?... Bede, presque défaillant, s'arrêta. Au bout d'un instant il reprit:

— Il ne faut pas poursuivre miss Rye; je suis sûr de son innocence; croyez-moi, mon père, c'est la vérité.

— S'il en est ainsi, pourquoi ne dis-tu pas tout ce que tu sais?

— Le moment n'est pas venu. — Henry, ne me regarde pas ainsi! Si je pouvais parler, je le ferais. Ce secret, ce fatal secret me pèse; je voudrais pouvoir vous le confier, afin qu'il me parût moins douloureux !

— Pourquoi ne pas le faire ? reprit Henry ; est-ce que tu es lié par un serment ?

— Peut-être... oui... répondit Bede, dont les yeux égarés erraient de l'un à l'autre de ceux qui l'entouraient ; je suis sûr... que, si l'un de vous était à ma place... il agirait... comme je suis obligé d'agir !

Le but de l'entrevue était atteint ; l'innocence de miss Rye était suffisamment établie pour qu'elle pût être mise en liberté : cependant le juge voulut avoir encore un mot d'entretien avec Georges Winter ; il s'approcha de lui au moment où Bede lui serrait la main en lui lançant un regard de reconnaissance.

— Winter, dit M. Kene à voix basse, *vous savez le nom de celui que vous avez rencontré sortant de la chambre de John Ollivera !*

— Le juge est mon ami, murmura Bede, qui avait entendu cette question ; dites-lui *tout*, Winter, nous pouvons avoir confiance en lui.

Bede disparut, Winter entraîna M. Kene dans la chambre voisine ; Henry Ollivera sortit,

Butterby et M. Greatorex restèrent seuls auprès du feu.

— Que signifient tous ces mystères ? demanda M. Greatorex.

— C'est ce que je voudrais bien savoir, répondit Butterby, froid comme un concombre et aussi calme que s'il se fût agi de la pluie et du beau temps : M. Bede a sans doute ses raisons pour être mystérieux.

— Pouvez-vous deviner qui il accuse ?

— Moi ! chercher à deviner ! cria Butterby, en prenant un air d'innocence. Eh ! mon cher monsieur, quelles seraient mes erreurs si je m'avisais d'avoir des soupçons ! J'accuserais le bonhomme qu'on voit dans la lune avant de me permettre de faire des suppositions.

— Vous venez pourtant d'accuser injustement Alletha Rye.

— Au diable la pécore ! Elle m'avait dit catégoriquement qu'elle avait fait le coup. Et penser que c'était pour m'empêcher d'arrêter ce Brown, Pitman, Winter ou ce qu'il vous plaira, qui n'est pas plus coupable qu'elle ! Voyez, monsieur, quand une femme a son fiancé en tête, autant

vaudrait raisonner avec une autruche qu'attendre d'elle un acte de bon sens.

— Tout cela ne m'explique pas ce qu'il y a
d'extraordinaire dans la conduite de mon fils.
Son manque de confiance me blesse profondément.

— Que voulez-vous, monsieur, il ne faut pas
juger avant de connaître les raisons des gens,
quelquefois.....

Winter et M. Kene rentrèrent au salon,
Butterby se tut.

— Qu'avez-vous? cria M. Greatorex tout saisi
en voyant que le juge, pâle, les yeux hagards,
traversait la chambre sans lui parler. Êtes-vous
malade?

— Malade? moi? Non. — Laissez-moi! — Je
n'ai rien. Laissez-moi! — Je suis entré dans
votre cabinet, où il n'y a pas de feu, et j'ai été pris
de frissons!

CHAPITRE XXXIII.

Le temps s'écoulait, et avec lui s'envolaient les illusions que les amis de M. Channing voulaient se faire sur sa santé. Lui-même, malgré son énergie, luttait plus faiblement contre le malaise croissant qui épuisait peu à peu ses forces, et quoique il insistât chaque jour pour se lever et descendre au salon, il succombait bientôt à la fatigue et retombait sur son fauteuil, où il restait jusqu'au soir sans avoir le courage de bouger.

Un jour, il était étendu sur un canapé placé près du foyer, un couvre-pied de soie rouge était jeté sur lui et sa tête reposait sur un oreiller. De

l'autre côté de la cheminée, Roland, renversé
dans un grand fauteuil, tordait ses favoris d'un
air sombre et regardait Albert avec anxiété.

Depuis quelque temps, toutes les heures que
Roland pouvait dérober à son travail étaient
consacrées à son ami mourant.

Une parole de Mme Jones avait détruit toutes
ses espérances; après avoir fait une visite à
M. Channing, en sa qualité de compatriote, elle
était rentrée fort triste, disant qu'il n'avait pas
longtemps à vivre, et comme Roland attribuait à
son hôtesse autant de perspicacité dans ses vues
que d'aigreur dans ses discours, il avait perdu
tout espoir.

Son unique consolation était de soigner Albert
et de profiter des dernières lueurs de cette belle
vie qui jetait de si doux rayons au moment de
son déclin; aussi, profitant de l'absence momentanée de Brown, de Bede Greatorex et de Hurst,
qu'absorbaient la mystérieuse affaire de John
Ollivera ou les fêtes de Noël, il laissa les pupi-
tres et le petit Jenner faire ménage ensemble du
mieux qu'ils le pourraient, et il courut chez
M. Channing, où il arriva plus tôt qu'il n'avait
coutume de le faire.

La nuit tombait, les lampes n'étaient pas encore
allumées, mais le feu jetait de brillants reflets
qui permettaient à la petite Ella de feuilleter un
beau livre que son père lui avait donné le matin
même et sur lequel, de sa main défaillante, il
avait écrit le nom de son enfant. Absorbée par
une de ces délicieuses histoires de Mme Sherwood
qui devraient être entre les mains de tous les
enfants, Ella tournait page après page, mais,
avec un tact qu'on n'aurait pas attendu de ses
six ans, elle comprenait les égards dus à l'état
de son père et elle levait fréquemment les yeux
pour voir si elle ne troublait pas le demi-som-
meil où il était plongé. Quand elle eut longuement considéré chaque gravure et que ses fraîches petites joues furent devenues brûlantes à
cause de leur long séjour près du foyer, elle se
leva et s'approcha de Roland. Il la prit sur ses
genoux.

— Voyez mon beau livre, dit-elle tout bas.

— Il est très-beau, mais ne faisons pas de
bruit, Minette.

— On y raconte l'histoire de Marguerite qui
mourut et fut enterrée sous le grand cyprès. Elle
alla au ciel ; papa va y aller.

Roland pressa la tête de l'enfant contre sa
poitrine ; il savait qu'elle disait vrai, mais ses
paroles lui avaient été au cœur.

— C'est papa qui me l'a dit, continua la petite
fille ; il m'a dit que tout est si beau dans le ciel!
Là il n'aura plus ni peine, ni chagrin et il ne
sera jamais fatigué. Je voudrais bien qu'il me
prît avec lui.

Ella se mit à pleurer, Roland pleurait avec
elle ; un léger bruit lui fit lever les yeux, Albert
s'était réveillé et les regardait en souriant.

— Tu ne devrais pas être ici, Ella, dit Roland
en l'emportant hors de la chambre, je suis sûr
que ton goûter t'attend depuis plus d'une
heure !

Il ferma la porte et revint auprès du feu.

— Pourquoi tant de chagrin ? lui dit Albert
avec douceur.

— Je voudrais vous voir guérir, répondit
Yorke dont les yeux s'obscurcissaient malgré lui.

— J'ai cessé de le désirer. Tout est pour le
mieux.

— Vous ne désirez plus rester avec nous ?

— Non, Dieu m'a permis de faire ce sacrifice.

Ces mots arrêtèrent toute explosion de douleur chez Roland; en s'ouvrant aux sentiments religieux, son cœur les avait acceptés avec une simplicité enfantine; il avait autant de naïve confiance et beaucoup plus d'humilité que la petite Ella. Il écoutait avec recueillement les moindres paroles d'Albert et se laissait guider par lui; cette fois ses yeux étaient pleins de larmes et la tristesse lui gonflait le cœur.

— En approchant du but, reprit M. Channing comme se parlant à lui-même, je vois clairement bien des choses qui avaient été jusqu'ici comme voilées à mes regards. Sans le regret de quitter tous les miens, la victoire serait gagnée.

— Oh! si je tenais le misérable qui a écrit ces *Revues!* grommela Yorke entre ses dents.

— De quoi parlez-vous? demanda Albert qui n'avait pas bien entendu.

Roland ne put se contenir; jamais encore il n'avait abordé avec Albert le sujet délicat auquel il songeait presque sans cesse, mais il venait de rompre la glace et il laissa déborder sa colère, exprimant sans détour ses désirs de vengeance et appelant de ses vœux le jour où il pourrait punir à sa guise le lâche qui avait frappé dans l'ombre avec une si froide méchanceté.

Un moment de silence succéda à la violente manifestation de Roland. Le rouge était monté au visage d'Albert, qui se reprochait de se laisser encore agiter par de mauvais sentiments. Il tendit la main à son ami et l'attira auprès de lui.

— Mon cher Roland, dit-il en le regardant avec affection, si jamais vous rencontrez celui qui a cherché à me nuire, dites-lui que je lui pardonne. J'ai cru d'abord que ce coup était trop rude pour que je pusse le supporter, mais comme toutes les croix que Dieu nous envoie, j'ai bientôt reconnu que cette épreuve me venait directement du ciel. Vous avez probablement une longue vie devant vous, mais un jour viendra où vous reconnaîtrez la vérité de ces paroles : « *C'est par beaucoup d'afflictions qu'il nous faut entrer dans le royaume des Cieux.* »

Roland ne put pas répondre, l'émotion le suffoquait. Albert reprit d'une voix gaie qu'on ne lui connaissait plus depuis longtemps :

— Même au sujet de mon livre, mes derniers jours sont adoucis; l'éditeur est venu ce matin me dire qu'il se vend rapidement et qu'il prend sa place parmi les ouvrages estimés.

— J'en étais sûr! Oh! cher Albert, essayez de guérir; si la joie pouvait réparer le mal que vous a fait la déception!

— Il est trop tard, mon ami. J'ai trop lutté pour pouvoir reprendre mes forces; la peine ou la joie ne peuvent plus rien pour moi maintenant.

— Oh! ce journaliste, pensa Roland, si je le tenais dans un endroit assez grand pour jouer des bras tout à mon aise et le secouer à ma façon!

— Encore une bonne nouvelle, Roland : vous savez que mon plus grand souci était de laisser Ellen et ma fille sans ressource...

— Ne vous tourmentez pas de cela, mon cher ami, je travaillerai pour elles comme pour Annabel, et aucune des trois ne manquera de rien.

— Vos bons services ne seront plus nécessaires, reprit Albert en arrêtant sur Roland un regard empreint de la plus affectueuse reconnaissance; M. Huntley commence à voir clair dans ses affaires, et Ellen a reçu hier quelques milliers de francs comme à-compte sur la somme

que son père va être en mesure de lui payer
tous les ans.

— Que j'en suis heureux pour vous!

— Oui, je suis heureux, je suis presque humilié des bienfaits dont Dieu me comble, dit Albert, et ses traits prirent une expression angélique qui montrait combien il était près du
départ. Tout vient adoucir mes derniers jours,
la paix se fait dans mon cœur, je sens en vérité
que Dieu envoie son secours à ceux qui se con-
fient en Lui.

Mme Channing entra au salon; elle avait dû
sortir pour quelques visites qu'elle ne pouvait
différer, elle raconta que Gérald l'avait rencontrée et lui avait annoncé sa visite pour le soir.

— Il est déjà revenu? dit Roland surpris.
Peut-être m'apporte-t-il une réponse du cousin
Dick au sujet de la place d'intendant!

— Vous devriez aller le lui demander, dit
Albert, que les projets de Roland intéressaient
toujours, bien qu'ils le fissent rire quelquefois.

— J'y cours, répondit Roland, qui partit
comme un trait.

La soirée était claire et froide, la terre gelée

craquait sous les pieds. Roland courait à perdre
haleine. Il arriva tout essoufflé chez Winifred,
qu'il trouva, non en larmes, comme d'ordinaire,
mais triste et découragée. Le thé était sur la
table, les petites filles, tranquilles comme des
poupées, buvaient en silence et regardaient sans
se plaindre leur tranche de pain sec. Roland
demanda où était Gérald; sa femme répondit
qu'il n'avait fait qu'entrer et sortir et qu'il était
allé chez lui : pour quelques heures ou pour plusieurs jours, c'était ce qu'elle ignorait complétement.

— Quelque chose a dû le contrarier, dit Winifred; quand je lui ai demandé pourquoi il était
si vite revenu de Beau-Soleil, il m'a fait taire
en jurant. Peut-être s'est-il querellé avec sir
Richard, ou plutôt il n'aura pas pu obtenir qu'il
lui prêtât de l'argent, comme il le désirait.

— Maman, dit une petite voix plaintive, il n'y
a point de beurre sur mon pain.

— Je ne puis pas t'en donner, Kitty, il m'en
reste à peine assez pour beurrer une tartine, et
que deviendrions-nous si papa venait déjeuner
demain et qu'il dût se passer de beurre ! Je trem-
ble rien que d'y penser !

— Vous n'aimez pas le pain sec, pauvres enfants ? dit Roland.

—Oh ! non, répondirent les petites filles.

Roland ouvrit et referma la porte bruyamment et descendit l'escalier avec grand fracas. Mme Yorke trouva fort impertinent qu'il partît ainsi sans même dire bonsoir.

— Comme il a de mauvaises manières, dit-elle ! cependant il a bon cœur, et je voudrais que Gérald lui ressemblât.

Elle n'avait pas fini de parler que Roland était de retour portant un pot de confiture et des crevettes qu'il avait achetés avec les quelques sous qu'il trouva au fond de sa poche. Si les petites filles eussent été moins accoutumées à se contenir, elles auraient poussé des cris de joie à la vue de ce festin inattendu. Le bon Roland lui-même étendit une épaisse couche de confiture sur les tranches de pain sec et se chargea d'éplucher les crevettes. Assis près de la table, une assiette sur ses genoux, il se mit à l'œuvre, tout en causant avec Winifred. Elle se mit à parler d'Albert.

— On prétend, dit-elle, que la déception qu'il

a eue au sujet de son livre a déterminé le mal dont il meurt.

— Ce n'est que trop vrai, répondit Roland, mais je ne me l'explique pas; il aurait dû chasser ce chagrin et n'y plus penser.

— Quand je songe à cela, je n'ose plus regarder les Channing, il me semble que mon mari et moi nous devrions ne pas savoir où nous cacher.

— Pourquoi?

— A cause de ces méchantes *Revues*. Depuis ce temps, j'ose à peine aller chez ces bons amis.

— Que peuvent faire les *Revues* à cela?

— C'est Gérald qui les a toutes composées.

Roland n'avait pas bien compris; il resta comme pétrifié devant ses crevettes à moitié épluchées; Winifred continua :

— Tous ces articles ont été écrits par Gérald, il a passé deux jours entiers à composer le plus perfide, celui qui a paru dans le *Snarler*. Il prit autant de peine pour accabler le livre d'Albert qu'il en avait pris pour faire valoir le sien. J'aurais voulu lui dire combien son action était coupable, mais je n'en ai pas eu le courage, il m'aurait battue! Il répétait sans cesse que

M. Channing l'avait offensé et qu'il l'en ferait repentir. Et, pendant qu'il agissait ainsi, c'était Albert et Ellen qui nous empêchaient de mourir de faim!

Une statue de marbre n'est pas plus pâle et plus froide que l'était Roland Yorke en écoutant les paroles de Winifred. L'action de son frère lui paraissait si noire qu'il espérait faire un mauvais rêve et cherchait à se réveiller. Soudain il se leva d'un bond en poussant un cri; l'assiette vola d'un côté, les crevettes de l'autre, et, se dressant de toute sa hauteur, Roland se tint debout devant la tremblante Winifred.

— Est-ce vrai, dit-il, est-ce bien vrai?

— Je ne le dirais pas si ce n'était pas vrai, riposta Winny fort effrayée; pas un mot de ces articles qui ne soit de la main de Gérald. Je ne l'avais encore jamais avoué à personne.

Roland saisit son chapeau, le mit de travers et courut comme un fou chez M. Channing. Il suffoquait, des sanglots étouffés sortaient de sa poitrine haletante, il avait hâte de tomber aux pieds d'Albert et d'implorer son pardon, comme s'il eût été lui-même l'auteur de ces écrits mensongers. Il se précipita au salon, Albert n'y était plus; un visiteur debout devant la cheminée attendait qu'on l'appelât auprès du malade. Roland s'approcha et reconnut Gérald.

Jamais peut-être plus amers reproches ne sont venus fondre sur une tête coupable; jamais la colère, la honte, la douleur ne se sont exprimées d'une manière moins violente et avec un accent plus navré. Roland était brisé par le choc, son pâle visage s'inclinait vers celui de Gérald, l'émotion lui coupait parfois la parole, il frémissait de la tête aux pieds.

— Sommes-nous donc destinés à faire le malheur de cette famille! dit-il presque sans voix : j'ai couvert de tristesse les plus belles années d'Arthur, et toi, plein de haine et d'envie, tu conduis Albert au tombeau! O Dieu! pourquoi nous as-tu laissés vivre! Gérald, je te le dis, si j'avais eu le moindre soupçon que tu étais ce lâche ennemi caché dans l'ombre que je cherchais pour le punir, il y a longtemps que je t'aurais châtié!

— Silence! balbutia Gérald, en quoi cela vous regarde-t-il?

— Si cela me regarde! Puis-je voir mourir le plus noble, le plus aimant, le plus généreux des

12.

hommes et ne pas en être affligé! C'est un meurtre; quel que soit le nom que ta conscience
donne à ta faute, tu es un meurtrier. Connais-tu
seulement celui dont tu brises ainsi la jeunesse?

— Partez sur-le-champ, ou c'est moi qui sors
de cette maison!

— Qui t'est venu en aide sans relâche? continua Roland sans écouter les paroles de son frère;
quand tes dettes allaient te conduire en prison,
qui a payé les plus criantes, en commençant par
le bottier? Qui a donné à ta femme et à tes enfants, que tu oubliais pour boire et fumer avec
tes amis, le loyer, les vêtements et la nourriture? Qui s'est privé d'un repos qui lui aurait peut-
être sauvé la vie, afin d'être en mesure d'empêcher ta famille de mourir de faim pendant que
tu te pavanais dans le yacht d'un de tes riches
amis? C'est Albert, c'est lui qui a fait tout au
monde pour ne pas voir souffrir la femme et les
enfants d'un ami de collége qui lui rappelait les
souvenirs d'autrefois!

— Tu mens! cria Gérald, qui ne trouva pas
d'autre moyen de fermer la bouche à son frère.

— Dieu sait que je dis la vérité. Ah! j'aurais
donné cent fois mon inutile vie pour empêcher

que ces cruels articles ne vinssent sous les yeux
d'Albert!

Mme Channing entra au salon, Roland s'es-
quiva et monta sans bruit; Gérald, étrangement
impressionné, aurait donné beaucoup pour oser
s'enfuir, mais la retraite était impossible, il fut
conduit auprès d'Albert. Sa chambre était
grande et gaie; il était assis dans son lit, et son
doux sourire accueillit Gérald dès qu'il s'approcha de lui.

— Cher Gérald, dit-il, je trouvais que votre
visite se faisait longtemps désirer.

Gérald frémit, il ne s'attendait pas à trouver
M. Channing aussi changé; une certaine émotion se réveilla dans son cœur en voyant l'empreinte de la mort sur ces traits si paisibles et si
beaux. Et c'était *lui*, c'était sa propre main qui
avait accéléré la fin de cette noble vie ! Il aurait
voulu effacer les lignes cruelles qu'il avait tra-
cées dans un moment de haine jalouse; mais il
était trop tard, ce remords devait peser sur sa
conscience sans qu'il lui fût possible de revenir
sur le passé.

— Je ne vous croyais pas si malade, dit-il; ne
peut-on rien faire pour vous guérir?

— Que la fin vienne un peu plus tôt ou un
un peu plus tard, cher Gérald, cela importe peu
quand le moment est arrivé; ne vous tourmentez pas à mon sujet. Je ne veux pas m'agiter
afin de ne pas redoubler le chagrin de ma pauvre Ellen. Dieu m'aide et me soutient constam-
ment.

Gérald n'avait pas vu son frère, qui se tenait
immobile dans l'ombre du rideau; il se croyait
seul avec le malade, il se pencha vers lui.

— Voulez-vous me pardonner? murmura-t-il.

— Que voulez-vous dire? demanda Albert
étonné.

Gérald allait tout avouer, il n'en eut pas le
courage; il y aurait été de sa vie que ses lèvres
se seraient refusées à prononcer cette confession.

— Je n'ai pas toujours été à votre égard
comme j'aurais dû l'être, dit-il tout bas; dites
que vous me pardonnez, pour l'amour du ciel!

Albert prit les mains de Gérald et le regarda
en souriant :

— Si en quelque chose mon pardon vous est
nécessaire, il vous est pleinement acquis; je voudrais qu'il en fût ainsi, car, lorsqu'on a éprouvé

pour soi-même la douceur du divin pardon, on serait heureux de pardonner à son tour à ceux qui vous ont offensé. Mais ici ce n'est pas le cas, je n'ai rien contre vous, cher Gérald.

La conscience de Gérald se réveilla; Roland, dans son coin sombre, eut un tressaillement subit.

— J'avais de l'ambition pour vous, reprit Albert; je voulais vous tirer d'embarras. Je me disais que, si mon livre réussissait, je payerais vos dettes et vous mettrais en état de commencer tout à nouveau; il m'aurait été si doux de venir en aide à un des amis qui ont grandi avec moi dans notre cher Helstonleigh! Plus les scènes de ce monde pâlissent à mes yeux, plus je trouve précieux ce qui touche aux années de mon enfance. Mes espérances ont été déçues, mais mes vœux vous suivront, cher Gérald. Que Dieu vous bénisse, qu'il vous rende heureux en ce monde et nous permette de nous revoir près de lui!

Gérald sortit. Dès qu'il eut disparu, Roland s'agenouilla près du lit et ouvrit tout son cœur à Albert; son secret l'étouffait, il ne put pas le garder: il avoua que son malheureux frère était l'ennemi caché qui avait semé dans l'ombre l'ivraie parmi le froment de l'ami qu'il jalousait.

Un sentiment affreux fit battre le cœur d'Albert, des pensées toutes terrestres vinrent troubler cette âme où régnaient d'ordinaire l'amour et la bonté ; la lutte fut douloureuse mais courte, la prière triompha bientôt du mal.

— Courez, cher Roland, courez et ramenez votre frère, dit-il, dès qu'il eut retrouvé son calme habituel, ramenez-le, je ne lui ai pas assez dit que c'est du fond de mon cœur que je lui pardonne.

CHAPITRE XXXIV.

DÉPÊCHE TÉLÉGRAPHIQUE.

Renversé dans son vieux fauteuil, les deux pieds sur le marbre de la cheminée (habitude qu'il avait peut-être rapportée de son long exil), Roland, presque la tête en bas, méditait profondément. Il venait de rentrer et, en attendant qu'on lui apportât son dîner, il s'accordait quelques minutes de réflexion sur divers sujets plus ou moins attrayants. Pour le moment il était porté à voir tout en noir; la fin prochaine d'Albert le remplissait de tristesse et la conduite de Gérald lui causait autant de remords que s'il eût été lui-même coupable. Pour mettre le comble à ses sombres pensées, les jours s'écou-

laient sans lui apporter aucune nouvelle de la
place qu'il sollicitait. Pour rendre l'attente plus
insupportable encore, il avait appris le matin, à
sa grande surprise, que Bede allait faire un
voyage pour sa santé et que Brown, ou plutôt
Winter, aurait seul la responsabilité du Bureau.
Ceci avait fait faire la grimace à Roland ; Winter
était sévère, il n'avait jamais approuvé l'indul-
gence de Bede à l'égard de ses commis, et certainement il commencerait par exiger un redou-
blement d'application et de régularité. Raison
de plus pour appeler de tous ses vœux la place
d'intendant, objet de toutes les espérances de
Roland ; faute d'auditeur, il s'apostropha lui-
même et donna cours à son irritation par le
monologue suivant :

— Dick me traite bien mal. Si la place est
prise, pourquoi ne me l'écrit-il pas ? Ses propres
plaisirs l'empêchent de penser à moi, c'est sûr ;
il trotte sur les boulevards de Paris, dîne dans
de beaux restaurants, croque des perdrix et boit
du champagne, et il oublie qu'un pauvre garçon
comme moi soupire après une place d'où dépend
son avenir. Si je savais où le trouver, je lui écri-
rais un mot. N'aurait-il pas reçu ma lettre, par

hasard? Mais une lettre ne se perd pas. Pourquoi donc ne pas me répondre? Je serais si heureux de courir chez Albert en lui disant : J'ai la
place, donnez-moi Annabel, elle ne risquera
plus rien ! — Serait-ce bon d'avoir une petite
chaumière et de vivre là tous les deux ! Je travaillerais nuit et jour pour contenter Dick. Bon !
voilà mon dîner. Il fait joliment froid ce soir,
Miss Rye !

Miss Rye répondit en souriant ; elle avait
changé à n'être plus reconnaissable depuis le
terrible jour où Butterby avait voulu la conduire en prison ; un mot de Winter avait fait
disparaître toutes ses terreurs. Ses yeux n'étaient
plus hagards, sa physionomie radieuse faisait
plaisir à voir, tout, jusqu'au ruban bleu qui
rattachait ses cheveux blonds, semblait indiquer qu'elle était passée de la détresse à un état
de bonheur complet. Cependant elle avait à subir les perpétuels reproches de sa sœur, qui voulait obtenir la clef de ce mystère et ne pouvait
pas la décider à parler.

— Que me donnez-vous ce soir ? demanda
Roland.

— Du thé et des œufs, c'est tout ce que j'ai eu

le temps de préparer, monsieur. Avez-vous
trouvé sur la table la lettre qui est arrivée tout
à l'heure?

— Une lettre! Où est-elle? Ce bon Dick, il m'a
enfin écrit!

D'une main Roland saisit la lettre, de l'autre il releva son fauteuil, que, dans sa joie, il
avait renversé. Un coup d'œil sur l'enveloppe
fit redescendre à zéro ses espérances qui étaient
montées d'un bond à la température du Sénégal.
La lettre était de lord Carrick!

— Oh! c'est mon oncle qui m'annonce son
retour en Angleterre. Je vous le présenterai,
miss Rye, je l'amènerai afin qu'il fasse votre
connaissance et celle de Mme Jones.

Miss Rye acheva de mettre le couvert, puis
elle se retira en riant.

Roland beurra ses rôties et entama un œuf
tout en causant avec lui-même :

— En tous cas, l'oncle Carrick me donnera un
coup d'épaule et m'aidera à me mettre en
ménage dès qu'il saura que ma fiancée est Annabel. Tiens! Est-ce lui qui sonne?

Roland descendit les degrés quatre à quatre
et se cogna contre Jenner.

— Hola ! cria-t-il, ce n'est que vous ?

— Je viens vous chercher, monsieur ; M. Greatorex désire vous voir sur-le-champ.

— Quelle sottise ai-je faite ? demanda Roland, ne pensant pas que M. Greatorex pût l'envoyer chercher pour autre chose que pour une réprimande.

— Il ne s'agit pas de cela, monsieur, il vient d'arriver une dépêche qui vous mande tout de suite à Beau-Soleil.

Roland bondit si haut et poussa un cri de joie si énergique que toute la maison en retentit. En deux sauts il fut dans sa chambre, en deux secondes il eut endossé son paletot neuf ; l'instant d'après il courait vers le bureau suivi de Jenner, qui s'essoufflait en vain sans pouvoir lui tenir pied.

M. Greatorex le reçut en lui montrant une dépêche ainsi conçue :

« Sir Richard à M. Greatorex.

« Envoyez Roland Yorke par le prochain train. C'est indispensable. Hâtez-vous. »

— Cet excellent Dick ! murmura Yorke suffoqué par la reconnaissance, je l'accusais et il pensait à moi. Je rougis de mon ingratitude ! Il veut m'installer auprès de lui comme intendant, M. Greatorex.

— C'est possible, mais cela m'étonne, car il a déjà conclu avec celui que je lui ai proposé.

— Pourquoi m'appellerait-il alors ? Excellent Dick ! Depuis quand est-il arrivé de Paris ?

— Je l'ignore, je n'ai rien su de lui depuis longtemps. Mais ne perdez pas de temps, allez vite à la gare ; avez-vous de quoi faire votre voyage ?

— J'ai treize sous, monsieur.

— Voilà vingt francs ; courez, il doit y avoir un train tout à l'heure.

Aurait-il dû manquer le prochain train et le suivant, rien n'aurait pu décider Yorke à quitter Londres sans communiquer à Annabel ses joyeuses espérances. Il se mit à sa recherche, mais Bede, qu'il rencontra dans l'escalier au milieu de nombreux colis, lui dit qu'elle avait été voir son frère.

— Vous partez, M. Bede, dit Roland avec sympathie ; vous avez raison, car vous avez l'air bien malade. Allons-nous être malheureux, livrés que nous serons à la merci de Brown ! Du reste, je ne serai peut-être pas longtemps sous ses ordres, car je me crois certain d'obtenir la place d'intendant de Beau-Soleil.

Bede sourit :

— Je vous souhaite bonheur et succès, dit-il avec bonté.

— Merci, monsieur, et moi je vous souhaite de nous revenir bientôt un peu moins mal en train.

Roland sauta dans un fiacre et se fit conduire chez Albert. Annabel vint le recevoir au salon et écouta, toute rose de plaisir, ce qu'il avait à lui annoncer.

— Vous comprenez, Annabel, que Dick ne me ferait pas venir pour me dire qu'il ne veut pas de moi. Avant de rentrer en ville, je choisirai une gentille maisonnette, toute couverte de roses et de volubilis, et nous serons heureux comme deux oiseaux dans leur nid. Vous ne redoutez pas de vivre dans une chaumière ?

— Oh ! non, et je donnerai des leçons pour ajouter à nos revenus.

— C'est parfait ! D'ailleurs, la vie n'est pas chère à la campagne et nous ne manquerons ni de légumes ni de fruits, j'en suis sûr. Pourrai-je dire tout cela à Albert? Est-il en état de me recevoir?

La joie des deux fiancés s'évanouit en entrant dans cette chambre où leur frère, faible mais sans souffrance, attendait son dernier moment. Ella, blottie à côté de son père, appuyait contre son front pâle sa fraîche et rose petite joue et restait muette sous le poids d'un chagrin dont elle ne pouvait cependant analyser toute l'amertume.

Albert prit la main de Roland et celle d'Annabel et accueillit avec sympathie les espérances dont ils venaient lui faire part.

— Je vous souhaite tout le bonheur possible en ce monde, dit-il en les regardant avec tendresse; je vous souhaite surtout d'apprécier toujours plus les joies que la terre ne peut donner et qui vous attendent au ciel.

Roland se baissa pour embrasser Ella, il se sentait prêt à pleurer comme un enfant.

— Vous serez le tuteur de ma fille, reprit Albert.

— Moi!

— Oui, de concert avec Arthur. Je ne peux pas mettre Ella en meilleures mains.

— Oh! mon cher Albert, quelle preuve de

confiance! Moi tuteur d'Ella! Comme je vais
l'aimer et la soigner! Je lui achèterai des bonbons tous les matins.

Albert sourit.

— Son éducation ne vous donnera aucune
peine, sa mère en sera chargée; mais vous veil-
lerez sur elles deux, vous serez leur protecteur.

— Je suis fier de votre confiance, mon cher
ami. Oh! j'en suis touché! Prenez garde, miss
Ella, n'oubliez pas à l'avenir que je suis respon-
sable de votre conduite.

L'enfant leva ses yeux humides de larmes.

— Je n'ai pas besoin de vous, dit-elle, je veux
m'en aller avec papa.

— Non, ma chérie, murmura Albert, tu dois
encore rester en ce monde, tu viendras plus tard
avec maman.

— Prenez-moi, prenez-moi, vous dites que le
ciel est si beau.

— Tu iras à ton tour, Ella, dit Roland navré
jusqu'au fond de l'âme. Oh! si je pouvais mourir
à la place de ton père et le laisser heureux et
bien portant au milieu des siens! Et dire, mon
cher Albert, que votre livre moissonne gloire et

succès et que vous mourez au moment où vous alliez goûter la joie du triomphe !

— De meilleures joies me sont réservées, mon Maître sait ce qui est bon pour moi ; je ne regrette rien.

On avertit Roland qu'il était temps de partir. Il s'élança dans l'escalier et, saisissant Annabel au passage, il l'embrassa si cordialement et avec tant de simplicité qu'il n'y avait pas moyen de se fâcher.

— Adieu, lui cria-t-il en s'éloignant, quand vous me reverrez, je serai intendant de Beau-Soleil !

Le trajet en chemin de fer n'était pas long, cependant il faisait nuit noire lorsque Roland descendit à la station qu'on lui avait indiquée. Dès qu'il eut remis son billet à l'employé, un groom s'approcha en disant :

— Pardon, monsieur, n'êtes-vous pas M. Yorke ?

— Tout juste, dit Roland.

— Si monsieur veut bien monter dans le tilbury, nous partirons tout de suite.

— Est-ce la peine ? Je croyais Beau-Soleil à côté de la station.

— Il y a dix minutes de chemin, monsieur,

mais il m'est ordonné de me hâter; depuis que la dépêche est partie, je suis ici, guettant monsieur à chaque train.

Le cheval partit rapidement, Roland reprit l'entretien.

— Depuis quand votre maître est-il revenu de Paris?

— De Paris, monsieur! Mais monsieur ignore donc qu'il n'y a pas été? La blessure était trop grave.

— Quelle blessure?

Le groom commença son récit, Roland se sentit frémir en l'écoutant.

— Ai-je bien entendu? dit-il, l'accident a-t-il été causé par la maladresse de M. Gérald Yorke?

— Je ne dis pas cela, monsieur, reprit poliment le groom, un malheur est bientôt arrivé; on dit seulement que M. Gérald avait un peu oublié le maniement de son arme.

— Il n'en avait touché une de sa vie! Oh! le malheureux! Votre maître est-il encore souffrant? J'espère qu'il va être guéri au premier jour.

— Tout allait bien jusqu'ici, mais depuis ce

13.

matin il y a de fâcheux symptômes ; le docteur a parlé d'érysipèle.

— Oh! si ce n'est que cela! J'ai vu à Port-Natal un individu qui en avait un sur la figure, sa tête avait l'air d'un chaudron; il fut tout de suite guéri.

La voiture s'arrêta devant la jolie maison de Beau-Soleil.

— Pauvre Dick, se dit Roland en traversant le vestibule, il ne peut pas surveiller ses affaires et il veut que je le fasse pour lui. Pauvre Dick!

Sir Richard était étendu dans son lit, la main appuyée sur la tête de son chien qui lui tenait fidèle compagnie. Roland s'élança auprès de son cousin et lui témoigna sa sympathie avec son expansion habituelle; sir Richard en fut touché.

— Asseyez-vous près de moi, dit-il, plus près encore; je souffre beaucoup et ma faiblesse est grande, je ne puis pas parler bien haut.

La chambre était éclairée par une lampe dont un abat-jour finement découpé adoucissait la clarté; les deux cousins se regardèrent un moment en silence: Roland fut le premier à prendre la parole :

— J'espère, Dick, que vous allez être tout de suite guéri.

— Je l'ai cru jusqu'à ce matin ; pendant la nuit ma blessure m'a fait cruellement souffrir, et lorsque j'ai envoyé chercher mon chirurgien, il a dû m'avouer que le mal avait fait de grands progrès.

— Il vous a dit que la convalescence sera longue ?

— Non, j'ai compris que tout espoir de guérison est perdu et que je n'ai que peu d'heures à vivre. — Laissez-moi parler, mon ami, ne m'interrompez pas. — Vous savez que vous êtes mon héritier ?

— Moi, votre héritier ?

— Oui, vous êtes mon cousin germain, l'aîné de la branche cadette ; aussitôt que j'aurai cessé de vivre, vous serez sir Roland Yorke, baronnet et propriétaire de Beau-Soleil.

Roland tordait ses favoris avec frénésie, il ne savait s'il était endormi ou réveillé.

— Je ne sais pas ce que vous voulez dire, murmura-t-il.

— C'est pourtant bien simple à comprendre : je suis fils unique ; vous êtes l'aîné des enfants

du frère de mon père; après moi le domaine patrimonial vous revient.

— De ma vie je n'y avais pensé. Oh! Dick,
mon cher cousin, ne mourez pas, je vous en
supplie! Qu'ai-je besoin de votre héritage? J'espère, oh! j'espère que vous allez guérir et être
bien heureux pendant longtemps!

Roland s'était levé et avait pris les deux mains
du malade avec une ardente et sincère effusion
qui le toucha; en voyant les traits bouleversés
et le regard affectueux de son cousin, sir Richard
se dit que ce jeune homme avait été calomnié
par les siens et possédait des qualités dont nul
ne lui avait tenu compte.

— Rien ne peut me sauver, reprit-il avec
calme; les médecins désespèrent de mon état et
je sens moi-même que ce sera bientôt fini. Un
jour, un seul jour peut-être m'est donné pour
préparer ma maison avant de la quitter pour jamais.

Quel changement apporte l'approche de la
mort! Roland ne reconnaissait plus son cousin,
toute affectation avait disparu, tout propos léger
était banni de ses lèvres, quelque chose de solennel régnait dans ses moindres mots.

— Docteurs, notaire, pasteur, tous sont venus auprès de moi, reprit le malade. Mon testament est fait; sauf quelques legs que je vous charge de distribuer, tout vous reviendra et vous n'aurez rien de trop. Gérald aurait avalé mon héritage en une bouchée, je préfère et de beaucoup que mon bien passe entre vos mains. Me permettez-vous un conseil, Roland : mesurez vos dépenses selon vos revenus.

— Ce n'est pas cela qui m'inquiète, Annabel tiendrait les clefs de l'argent; mais, je vous en prie, Dick, mon cher Dick, ne parlez pas de mourir et de me laisser ce qui est à vous. Il me semblerait commettre un crime si je devenais riche grâce à votre mort. Je venais croyant que vous alliez m'offrir d'être votre intendant, et je me faisais une fête de vous servir de mon mieux !

— Vous serez maître au lieu d'être valet, voilà la différence. J'ai arrêté un intendant, gardez-le, je crois que c'est un honnête homme.

— Je ferai tout ce que vous voudrez, mon cher Dick; mais il faudra bien que je surveille moi-même, je ne peux pas passer mon temps dans l'oisiveté, c'est pernicieux.

— Ah! que vous dites vrai, Roland! Je déplore ma jeunesse gaspillée. L'oisiveté perd les jeunes gens et les entraîne dans une vie de désordres qui les conduit à leur ruine.

— Pour moi, je ne crains pas de faire des dettes; il y a assez longtemps que je vis sans être sûr du pain du lendemain pour connaître le prix de l'argent. A l'heure qu'il est, mon habit noir est engagé et M. Greatorex m'a prêté vingt francs pour que je pusse arriver jusqu'ici.

Un vague sourire effleura les lèvres de sir Richard.

— Vous voyez ce tiroir, dit-il en étendant le bras vers son bureau, vous trouverez là de quoi rembourser les vingt francs et retirer votre habit.

— Vous me faites de la peine, Dick, vous m'en faites beaucoup.

— En quoi, mon garçon?

— Tout ceci est un cauchemar! Cependant, si je dois prendre votre place, je chercherai à ne pas m'en rendre indigne, et Annabel sera là pour me tenir en bride. Albert m'a permis de regarder sa sœur comme ma fiancée et il m'a choisi comme tuteur de la petite Ella. Je suis sûr qu'en me donnant cette dernière marque de

confiance, il veut me réhabiliter auprès de ceux
qui ne veulent pas croire aux rudes leçons de
Port-Natal. Jamais il n'y eut dans un cœur hu-
main plus de délicatesse et de générosité que dans
celui d'Albert.

— Albert mourant et moi aussi! Nous nous
suivrons de près, dit sir Richard d'un ton pensif.
Parlez-moi encore, Roland, qu'entendez-vous par
les rudes leçons de Port-Natal?

— J'ai appris là que j'avais été toute ma vie
un orgueilleux ridicule et paresseux. J'ai appris
là que tout ne finit pas en ce monde et qu'il ne
vaut la peine de vivre que pour se préparer à
une autre existence ; j'ai senti que nos jours ne
nous sont pas donnés pour que nous les em-
ployions dans le péché. Jamais ces idées ne s'é-
taient arrêtées dans mon esprit, continua Roland
d'une voix émue, jusqu'au jour où un de mes
camarades, subitement frappé, mourut au milieu
d'atroces souffrances et poursuivi par d'affreux
remords. On lui amena un pasteur, il ne voulut
pas le voir. J'en ai vu mourir bien d'autres, mais
aucun ne manifesta un semblable désespoir. Ses
cris, ses regrets d'avoir mal employé sa vie, na-
vraient ceux qui l'approchaient, et pourtant bien

d'autres étaient plus mauvais que lui. Il mourut sans avoir le temps de se repentir, ce fut si prompt !

— C'est mon histoire.

— Oh! non, Dick, ne parlez pas ainsi. Mon pauvre camarade *ne voulut pas* se repentir, il se détourna lorsque le pasteur lui parla de la conversion du brigand sur la croix ; vous n'êtes pas endurci, vous.

— J'essaye, répondit-il, et Roland fut tout consolé en voyant l'expression sereine de son regard. Le malade se tut, puis il passa doucement la main sur la tête de son épagneul.

— Roland, dit-il, promettez-moi d'être bon pour lui.

— Oh! Dick, vous pouvez y compter. Comment se nomme-t-il ?

— Spot.

— Ici, Spot ! Viens, mon bon chien !

— Va trouver ton nouveau maître, dit sir Richard.

Spot s'approcha de Roland et lui lécha doucement la main ; Roland le prit dans ses bras.

— Je l'aimerai comme s'il était mon fils, dit-il

avec effusion ; voyez, Dick, nous sommes déjà
bons amis !

Et c'était ce simple et affectueux jeune homme
que sa famille tenait à l'écart comme un pesti-
féré ! Sir Richard tendit sa main débile et pressa
avec affection celle de Roland.

CHAPITRE XXXV.

UN DOUBLE DEUIL.

A la sortie de la station du pont Waterloo, un voyageur monta dans un fiacre, se fit conduire chez un chapelier et demanda qu'on mît autour de son chapeau le plus grand crêpe qu'on pourrait trouver. Il est inutile de dire que ce voyageur était Roland Yorke, qui, tout consterné d'avoir vu mourir sir Richard dans la matinée, ne savait comment manifester ses vifs regrets et sa sincère affliction. Il ne s'était pas encore donné le temps de réaliser sa situation et, sans les pièces d'or qui dansaient dans sa poche, il aurait cru avoir fait un rêve. Roland n'était pas égoïste, il ne pouvait pas se réjouir d'une fortune acquise

dans de telles conditions, il se sentait presque
humilié et surtout véritablement affligé.

Cependant tout lui disait que sa vie était bien
changée; déjà les domestiques du défunt l'avaient
salué du titre de sir Roland; son avis avait été
demandé, ses ordres écoutés avec déférence, la
réalité se faisait jour peu à peu.

En sortant de chez le chapelier, Roland se fit
conduire chez M. Greatorex et alla tout droit le
trouver dans son cabinet.

— Eh bien, dit M. Greatorex surpris, vous
voilà déjà de retour? Êtes-vous intendant de
Beau-Soleil?

Roland secoua tristement la tête.

— Qu'y a-t-il? demanda M. Greatorex.

— Imaginez, monsieur, me voilà sir Roland
maintenant!

— Vous voilà... quoi? répéta le banquier fort
intrigué.

— Je suis sir Roland, répondit le nouveau
baronnet en poussant un gros soupir. Le pauvre
Dick est mort! Oh! M. Greatorex, j'aurais été
au bout du monde à quatre pattes pour l'empêcher de mourir! Jamais l'idée ne m'était venue
que c'était à moi de lui succéder, et j'aimerais

mieux le voir heureux et plein de vie à Beau-
Soleil que me sentir là à sa place. Il est mort à
huit heures ce matin.

M. Greatorex se renversa dans son fauteuil, au
comble de la surprise ; la mort de sir Richard,
qu'il croyait en voyage de plaisir à Paris, la fortune inattendue de Roland, la pensée que le jeune
commis à cent francs par mois d'appointements
se trouvait à la tête d'un bien considérable, tout
cela le jetait dans un très-naturel étonnement.

— Ce que vous me racontez est étrange mais
réel, dit-il en se levant et en tendant la main
au nouveau baronnet, permettez-moi de vous
féliciter, sir Roland.

— Oh! non! non! ne m'appelez pas ainsi, il
me semble que je suis un voleur et que je dé-
pouille ce pauvre Dick !

— J'espère que vous voudrez bien laisser vos
affaires entre nos mains, reprit M. Greatorex ;
nous avons été de père en fils les banquiers de la
famille Yorke.

— J'en serai charmé, si cela ne vous ennuie
pas. Je vous considère comme mes amis et j'ai
placé vos noms en tête de la liste de ceux que je
convie aux funérailles ; nous serons peu nom-

breux, il n'y aura que vous et vos fils, mon cousin William, Arthur Channing, deux ou trois
amis du pauvre Dick et Gérald, — quoiqu'il me
semble qu'il ne doive guère avoir envie d'y venir.
Dick m'a recommandé de lui faire un convoi
très-simple ; il m'a dit qu'il avait reconnu combien est ridicule l'étalage qu'on fait si souvent
aux enterrements. Je suis sûr qu'il est allé droit
au ciel.

N'eût été la solennité du sujet, M. Greatorex
aurait souri en voyant la manière dont les idées
se suivaient dans la tête de Roland. Il ne pouvait
aussi éviter de faire un singulier rapprochement :
aux funérailles du vieux sir Richard, Roland
n'avait pas été invité, on le trouvait trop insi-
gnifiant ; une année s'était à peine écoulée, et il
était héritier du père et du fils, maître absolu de
leurs biens et convoquant à son tour, de sa
propre autorité, ceux qu'il voulait bien inviter
au convoi.

— Bede ne pourra pas se rendre à Beau-Soleil, dit M. Greatorex, il est parti hier avec sa
femme ; ils sont en France à l'heure qu'il est.

— Il avait l'air bien malade quand je l'ai rencontré, répondit Yorke, qu'a-t-il donc ?

— Je l'ignore; on ne peut constater chez lui aucune maladie, et cependant il décline rapidement. Il se retire de la banque et demande que son frère le remplace; nous l'avons associé depuis hier.

— J'y pense, monsieur, l'absence de M. Bede va augmenter le travail du bureau, je viendrai vous aider; donnez-moi seulement congé ce soir et je viendrai tous les jours jusqu'à ce que vous m'ayez trouvé un remplaçant.

M. Greatorex sourit; un baron commis dans sa banque!

— Quelle étourderie, cria Roland en s'en allant, j'allais oublier de vous rendre les vingt francs que vous avez eu la bonté de me prêter! Les voilà, M. Greatorex.

— Vous n'en êtes plus à n'avoir que des sous dans votre gousset, dit le banquier en riant, lorsque Yorke sortit de sa poche une poignée de pièces d'or.

— Tout cela était dans le secrétaire du pauvre Dick. Il m'avait recommandé de prendre tout de suite ce qui y était renfermé; j'y ai trouvé deux mille cinq cents francs.

Roland descendit au bureau, où il communiqua

tout simplement ce qui venait d'arriver ; laissant Hurst lui rire au nez d'un air incrédule, il crut bien faire d'aller lui-même chez Gérald. Le domestique lui déclara que son maître était absent.

— Pas de faux-fuyants, mon brave homme, dit Roland, vous pouvez me faire entrer, je ne suis pas un créancier.

— Je vous demande pardon, monsieur, mon maître est tenu d'être si prudent! D'ailleurs, je ne vous reconnaissais pas; M. Yorke, n'est-ce pas?

— Annoncez sir Roland Yorke.

— Sir! dit le domestique, se demandant où Roland avait pris ce titre.

— Sir Roland Yorke; faites ce qu'on vous dit, s'il vous plaît.

Le domestique obéit. En tout autre temps, Roland aurait dansé de plaisir en voyant la mine de Gérald, mais il avait au fond de l'âme trop de tristesse pour s'arrêter à de semblables détails. Il faut avouer aussi, quelque pénible que ce soit à dire, que son frère lui inspirait chaque jour plus de répulsion.

— C'est vous! grommela Gérald; quelle lubie

a eue mon domestique de vous annoncer si pompeusement ?

— Il a suivi mes ordres et s'est servi de mon vrai nom.

— Ne vous avisez pas de me conter des sornettes, il a dit : Voilà *sir* Roland Yorke.

— Ce titre m'appartient, Gérald, Dick est mort ce matin.

— Mensonge !

— J'étais auprès de lui ; il m'avait fait appeler hier par une dépêche ; vois le crêpe qui est à mon chapeau. Crois-tu que je pourrais faire des plaisanteries sur un sujet aussi triste ? J'ai peine à croire moi-même ce qui vient de se passer, et cependant il n'est que trop vrai que Dick est mort dans mes bras et que je suis son héritier.

Gérald eut un tressaillement subit et sa voix tremblait malgré lui, lorsqu'il dit lentement :

— De quoi... est-il... mort ?

— D'un coup de feu.

— Il allait bien, reprit Gérald après un long silence, la blessure n'offrait aucun danger ; il y a deux jours à peine, on m'a parlé de lui comme convalescent.

— Le mal a empiré tout d'un coup et la fin a été prompte.

Gérald se sentit défaillir ; la mort d'Albert Channing allait bientôt peser sur sa conscience : fallait-il qu'il eût à se reprocher un second malheur ! Il repoussa les cheveux qui tombaient sur son front mouillé d'une sueur froide et leva les yeux ; le regard de Roland le pénétra jusqu'au fond de l'âme, il se rapprocha du feu pour se donner une contenance.

— Pourquoi les médecins n'ont-ils pas mieux soigné Richard ? dit-il ; la blessure était insignifiante.

— Rien n'a été épargné, mais le mal a déjoué tous leurs efforts.

Nouveau silence.

— Je suppose qu'il faut que je vous félicite, reprit enfin Gérald avec un accent de froid dédain ; il s'arrêta, se disant à part lui qu'il ferait mieux de ne pas être brouillé avec son frère, maintenant qu'il était riche ; il se hâta donc de faire plusieurs questions, réservant pour la dernière celle qui le touchait particulièrement, savoir : si le défunt lui avait laissé un legs plus ou moins considérable.

— Je ne connais pas encore le testament,
répondit Roland, mais le pauvre Dick m'a confié
qu'il s'était borné à désigner la somme que je
dois remettre en souvenir de lui à chacun de ses
domestiques. Il m'a demandé aussi de donner à
sa fiancée sa montre et la bague de diamants
qu'il avait toujours au doigt. — Je m'en vais,
Gérald ; j'ai voulu te prévenir moi-même, et je
tiens à te dire que tu recevras une invitation
pour le convoi, mais je serais étonné que tu
osasses y paraître, ajouta Roland, franc et simple comme toujours.

Il était descendu avant que son frère fût revenu de sa surprise ; furieux, humilié, irrité au
plus haut degré, Gérald courut à la fenêtre et
vit le nouveau baronnet monter dans le fiacre et
s'en aller.

— Sir Roland Yorke ! sir Roland Yorke ! se
disait le frère envieux et désappointé. Propriétaire de Beau-Soleil, riche et délivré de tout
souci ! Maudit soit le coup maladroit qui lui
assure une fortune ! Je vendrais mon âme
pour que cet héritage me fût échu ! Moi je tien-
drais mon rang, et il en est indigne. Puisse-t-il
mourir dès aujourd'hui !

C'était avec de tels sentiments que Gérald Yorke suivait des yeux la voiture qui emportait ce frère dont la prospérité inattendue le rendait à moitié fou. Il était dans une de ces crises morales où tant d'hommes, cités dans l'histoire ou mis comme exemple dans les ouvrages d'imagination, ont trempé leurs mains dans le sang de leurs proches afin de satisfaire l'ignoble soif de l'or.

*
* *

Bien différentes étaient les pensées de ceux qui entouraient Albert Channing. Roland entra dans cette chambre tranquille et vit d'un seul coup d'œil le malade presque sans vie, pâle et les yeux fermés, Ella blottie auprès de lui, et la famille entière, même les frères et sœurs d'Helstonleigh, groupés autour de ce paisible lit de mort. Roland serra la main d'Arthur et se pencha vers Albert, qui ouvrit les yeux et sourit en le reconnaissant.

— Vous voilà! dit-il, apportez-vous de bonnes nouvelles?

— Bonnes et mauvaises, répondit Roland que

l'émotion empêchait presque de parler; Dick est mort et je lui succède.

Personne n'eut l'air de comprendre, Roland expliqua tout en deux mots.

— Albert, répéta-t-il, vous me donnez Annabel maintenant que j'ai un héritage?

— Il y en a un meilleur à conquérir, dit le mourant qui ne comptait plus pour rien les choses de la terre; depuis longtemps déjà je vous ai promis ma sœur avec confiance; cherchez avec elle cet héritage où tout est paix, joie et sainteté.

— Nous suivrons vos conseils, cher Albert. Ah! nous voulons aller vous retrouver puisque nous ne pouvons pas vous garder auprès de nous. Que la vie est triste! Dick est mort dans mes bras, vous nous quittez..... Oh! mon cher Albert, si je pouvais mourir à votre place!

Albert l'aurait-il voulu? Non, le sourire angélique qui errait sur ses lèvres disait assez que les biens de la terre ne pouvaient plus suffire à une âme qui entrevoyait déjà les pures joies du ciel.

14.

CHAPITRE XXXVI.

RÊVES RÉALISÉS.

Il n'arrive pas souvent que la fortune sourie tout à coup à ceux qui en sont privés, il n'arrive pas toujours non plus que ceux qu'elle favorise sachent en faire un bon usage. On pourrait citer Roland Yorke comme une heureuse exception. A peine installé à Beau-Soleil, il s'enquit soigneusement de ce qui concernait les revenus et les charges de sa nouvelle propriété, il s'attribua une bonne part de surveillance afin de ne pas retomber dans ce qu'il redoutait, et non sans raison : une vie de paresse et d'oisiveté.

Il débuta tristement. Albert était mort ; il lui semblait qu'il ne pourrait jamais surmonter son profond chagrin. Il partit pour Helstonleigh,

où, à peine arrivé, il pleura comme un enfant,
parce qu'il rencontra Harry Huntley, le frère de
Mme Channing, et qu'il songea au chagrin de la
jeune veuve, rentrée avec sa fille dans la maison
paternelle, malgré les supplications de Roland,
qui aurait voulu l'établir avec Ella près de Beau-
Soleil.

Roland trouva son premier sujet de joie
dans la satisfaction qu'il eut à payer ses vieilles
dettes; tous ses créanciers reçurent la somme
qui leur était due, plus une somme égale à titre
de gratification. La conscience soulagée, Roland
put aller partout la tête haute, suivi de Spot qui
ne le quittait pas un instant. Mme Yorke et ses
filles se virent comblées de présents, les plus
belles promesses furent faites à tous et à chacun : à Tom une cure importante, à Charles de
l'avancement, les beaux projets ne tarissaient
pas. Roland saluait sans rancune son cousin
William et troublait vingt fois le jour l'étude de
M. Galloway pour demander au vieux procureur s'il commençait à prendre meilleure opinion
de son paresseux employé, le Roland des jours
d'autrefois.

M. Galloway n'était pas encore bien édifié sur

le compte du nouveau baronnet; lorsqu'il le voyait devant son ancien pupitre, sur son ancien tabouret, cherchant le regard sympathique d'Arthur qui lui souriait de sa place, il se demandait ce qu'il fallait penser du collégien révolté, devenu clerc paresseux, exilé à Port-Natal, et qui finissait par se trouver riche et titré comme un héros de roman.

— Je vous avais bien dit qu'un beau jour je ferais fortune, M. Galloway !

— Je vous conseille de vous en vanter !

— Je la tiens, c'est ce qu'il y a de sûr.

— Il fallait qu'elle vous tombât du ciel, sans cela vous auriez fini par ne pas avoir un pantalon à vous mettre.

— Ne m'accablez pas, M. Galloway, vous savez qu'à présent je suis sir Roland.

— Un beau seigneur que vous ferez !

— Je tâcherai d'être un honnête homme, en tous cas, et Arthur a confiance en moi, je le vois dans ses yeux. Albert aussi m'aimait, M. Galloway; il m'en a bien donné la preuve avant de mourir quand il m'a recommandé Ella.

— Ne me parlez pas d'Albert ! Pourquoi a-t-il fallu qu'il fût si tôt enlevé ! Quel chagrin pour

mon vieil ami Huntley de revenir dans son pays
sans y retrouver ce gendre qu'il aimait comme la
prunelle de ses yeux! Vous l'avez tué dans votre
grande ville.

— Oui, *nous* l'avons tué, répondit Roland d'un
ton navré; j'ai dit bien souvent et je répète que
j'aurais volontiers donné ma vie pour l'empêcher
de mourir.

— Paroles en l'air! J'ai rencontré hier sa
femme, — sa veuve devrais-je dire, — je n'avais
pas la force de la regarder.

— Et sa petite Ella, quel bijou d'enfant! Si
jamais j'ai une fille, je me souhaite une délicieuse
petite créature comme Ella.

— En attendant, faites-moi le plaisir de vous
en aller, mon ami Roland, il n'y a pas moyen de
travailler tant que vous êtes là; vous n'avez pas
perdu l'habitude de déranger tout le monde
comme par le passé.

Roland se laissait mettre à la porte et allait
porter ailleurs ses souvenirs ou sa conversation.
Un de ses premiers soins avait été, dès qu'il eut
de l'argent entre ses mains, de meubler à neuf,
de la cave au grenier, la maison de Mme Jones,
en reconnaissance des bons soins qu'elle lui avait

prodigués ; mais il lui restait à remplir un devoir qu'il considérait comme sacré : ne pouvant rien faire pour le bon Jenkins, il voulait au moins lui élever un tombeau simple et convenable, et il obtint de sa veuve la permission de remplacer par une colonne de marbre blanc la pierre grise qui disparaissait déjà sous l'herbe du cimetière. L'épitaphe tout entière avait été composée par Roland et lui avait coûté de longues heures de méditation ; elle vaut la peine d'être rapportée telle qu'elle fut envoyée au marbrier, quoique une fois transcrite sur le marbre, elle se trouvât singulièrement défigurée, comme cela arrive non-seulement aux épitaphes, mais aussi aux bills du Parlement.

A LA MÉMOIRE DE JOSEPH JENKINS.

Il était beaucoup trop bon pour ce monde, il était doux et inoffensif comme un jeune oiseau pris au nid. Il faisait consciencieusement son propre ouvrage et celui des autres par-dessus le marché. Surmené par tous les siens et par tout le monde en général, il ne s'en plaignit de sa vie et supporta tout sans murmurer un seul instant. Une toux rebelle l'envoya droit au ciel. Il laissa sur la terre Mme J. et un ou deux

amis fidèles qui le regrettent sincèrement parce qu'ils appré-
ciaient ses vertus. C'est un de ces amis qui lui élève ce tombeau (c'est le plus indigne et celui qui lui a donné le plus de
tourment), c'est son fidèle et désolé

ROLAND YORKE.

Quelle joie pour Roland d'avoir enfin payé à
Jenkins sa dette de reconnaissance et d'estime!
Mais un poids bien lourd pesait encore sur son
cœur : la mort d'Albert, le souvenir du mal que Gérald avait fait à cet ami si généreux, lui causaient
une amère tristesse. Il était heureux cependant,
car Annabel allait devenir sa femme et s'établir avec lui à Beau-Soleil, mais il fallait ce souvenir brûlant pour empoisonner son bonheur; le
fardeau laissé par Adam sur toute sa race déchue
ne permet pas que nos joies s'épanouissent en
ce monde sans qu'une épine se cache sous les
fleurs.

Helstonleigh tout entier s'occupait de sir Roland Yorke. On avait peine à croire que sa vie er-
rante lui eût attiré un titre, un domaine et de
bonnes rentes; cependant quand on le vit généreux, simple et naïf comme un enfant, mais raisonnable et sensé, on lui pardonna sa nouvelle

splendeur. Il mit le comble à sa popularité en par-
courant les halles un beau matin, saluant les
marchandes et demandant avec intérêt le prix
du beurre et des légumes frais. Il se laissa même
tenter par une vieille oie couveuse qu'on lui
offrit comme un jeune oison de belle venue, et
qu'il paya dix francs sans marchander. Enchanté
de son emplette, il prit son oie par le cou et s'en
alla, aussi fier, aussi à son aise que s'il eût porté
un bouquet de belles fleurs. Il rencontra M. Butterby, comme lui en visite à Helstonleigh.

— Eh ! bonjour, lui cria-t-il en balançant son
oie.

— Bonjour, monsieur, répondit Butterby ; on
m'a conté votre bonne chance ; voilà un coup de
fusil qui vous a servi à souhait!

— Perdez-vous la tête, Butterby ? Me prenez-
vous pour un butor sans cœur ni conscience ? Je
vous le jure, si je pouvais rendre la vie au pauvre Dick, je reprendrais volontiers mon lit-ca-
napé et mes vingt-cinq francs par semaine
d'appointements. Quand j'ai vu mon cousin
mourir dans mes bras et que je me disais que
mon frère était la cause de sa mort, j'aurais pu
devenir fou.

-- En tous cas, vous voilà riche, et c'est comme grand seigneur que vous revenez au pays.

— Oui, je viens acquitter mes dettes. J'ai tout payé, Butterby, et si jamais je me trouve de nouveau dans l'embarras par ma faute, traitez-moi de hibou, je vous le permets. Tout le monde me salue dans la rue maintenant, même M. Galloway, quoique chez lui il me dise des sottises et n'aie pas l'air de croire que je vaux deux sous.

— Pourriez-vous me dire comment on se porte là-bas? demanda Butterby en étendant le doigt comme si Londres eut été au bout de la rue. Miss Rye a-t-elle oublié ses ennuis?

— Elle est fraîche comme une rose. Mme J. m'a confié que la noce va avoir lieu, — vous savez, celle de Winter avec Alletha : — c'est moi qui donne à la mariée sa robe et son châle. Dites donc, Butterby, fîtes-vous une belle affaire le jour où vous vîntes l'arrêter!

— Que voulez-vous, sir Roland, celui qui ne s'est jamais trompé n'est pas encore venu au monde.

—C'est bon pour une fois, mais c'est chez-vous

à l'état chronique, vous ne pouvez pas plus éviter de vous tromper que certains chevaux ne peuvent s'empêcher de broncher. Après tout, vous n'avez pas été mauvais pour moi, Butterby, et je vous en tiendrai compte. Vous m'avez dit qu'une tabatière ne vous ferait aucun plaisir, parce que vous ne prisez pas, mais je vous donnerai autre chose, et si vos affaires vous amènent près de Beau-Soleil, entrez un moment, vous me ferez plaisir. Bonsoir, Butterby. — A propos, voyez donc mon oie ! N'est-elle pas superbe ? Je l'ai payée dix francs. Bonsoir, Butterby, bonsoir !

Et sir Roland descendit la rue en secouant son oie, qui promettait d'être sèche et dure comme un vieux soulier.

Jouissant de retrouver ses anciennes habitudes, caressant ses douces espérances, Roland passa à Helstonleigh les premiers jours du printemps ; chaque jour il venait soumettre à Annabel les combinaisons nouvelles qu'il faisait pour son bonheur, et ils attendaient ensemble, heureux et confiants, le jour où leur frère Tom bénirait leur union dans la vieille cathédrale. William, leur beau-frère, homme d'âge et d'expérience, respectable dignitaire du chapitre,

trouvait bien un peu étrange que le jeune ministre fût choisi de préférence à lui-même, mais
Tom était tout spécialement désigné par Roland
et par Annabel, ils ne voulaient pas entendre
parler de s'adresser à un autre qu'à lui.

Debout sur le seuil de la porte vitrée qui
donnait sur le jardin, les deux fiancés revenaient pour la centième fois sur leurs projets, sur leurs espérances ; ils se taisaient souvent oppressés par leurs souvenirs ; que de deuils
dans cette maison où Roland avait vu tous ses
amis réunis ! L'aspect seul des lieux où ils se trouvaient parlait de changement ; c'était autrefois
la chambre d'étude, encombrée de jouets et de
dictionnaires ; aujourd'hui tapissée d'un papier
coquet, pourvue d'un bon tapis, elle invitait
au repos et à la méditation, elle était devenue
le cabinet du pasteur Tom. Quelques larmes
tombaient des yeux d'Annabel lorsqu'elle songeait au passé, mais Roland la ramenait bientôt vers cet avenir qu'ils voyaient tous deux
sous un voile couleur de rose. Travail, simplicité, charité, économie, absence complète de
luxe et de mondanité, figuraient au premier
plan. Une présentation à la cour ne pouvait

être évitée, mais ce devait être le premier et le
dernier sacrifice fait aux grandeurs. Beau-Soleil
était destiné à devenir la résidence constante
du jeune ménage, point de maison en ville,
qu'avaient-ils besoin d'y venir ? De plus, Annabel devait tenir la clef du coffre-fort. Roland
était intraitable sur ce point : Je me connais,
disait-il, quand je tiens de l'argent, *il faut* qu'il
sorte de mes mains, je ne sais pas l'y retenir.
Vous serez mon trésorier, Annabel, et laissez-
moi vous dire que je bénis Port-Natal, sans ce
voyage je serais devenu à moi seul pire que tous
les Yorkes ensemble et je serais bien malheureux. Au lieu de cela, nous allons être si bien à
Beau-Soleil, nous serons heureux comme...

Il s'arrêta faute de point de comparaison.

— Comme des gens raisonnables, dit Annabel
gaiement.

— Non, comme des hirondelles dans leur nid.

Annabel cueillit en souriant une violette à
demi gelée et en respira le parfum; Roland la
lui prit des mains et la mit à sa boutonnière
tout en continuant la conversation.

— A propos, Annabel, j'ai oublié de vous
dire que je vous demande en grâce de ne pas

avoir de poêle à frire dans votre batterie de cuisine ; je ne puis plus voir ce vilain outil depuis que j'en ai perdu toute une cargaison à Port-Natal.

Annabel promit en riant et Roland partit pouvant à peine se persuader que c'était son dernier voyage tout seul et qu'il allait revenir pour chercher la bonne et douce jeune fille qu'il aimait depuis si longtemps. Il hâtait ses préparatifs et comptait les jours qui le séparaient encore de son retour à Helstonleigh, lorsqu'une visite vint égayer sa solitude. Le bon oncle Carrick voulut connaître Beau-Soleil et il fut tout ravi de la nouvelle propriété de son neveu. La gelée ne l'effrayait pas plus que Roland, ils couraient tous deux à travers bois et bruyères, examinant chaque arbre, devisant sur la qualité du terrain et pleins d'ardeur pour l'agriculture, lorsque, un beau matin, ils apprirent qu'une dame, vêtue de noir, les attendait au salon. Grand fut leur étonnement en reconnaissant Winifred. Plus éplorée que jamais, le cœur gonflé de sanglots, elle raconta que Gérald venait d'être conduit à la prison pour dettes, et qu'il avait ordonné à sa femme de venir trouver Roland à l'adresse qu'il lui indiqua.

Avant tout, ce bon Roland conduisit Winifred dans la salle à manger et lui fit servir un petit repas, qu'elle avala tout en pleurant sur le sort de ses filles s'attendant à les trouver brûlées ou mortes de faim à son retour.

Lord Carrick appela son neveu et lui parla en particulier.

— Mon garçon, lui dit-il, tu sais que je ne veux de mal à personne et que j'aide volontiers les miens, quand je suis moi-même en fonds, mais ici je veux te donner un conseil : *Ne paye pas les dettes de Gérald;* si tu commences, tu es perdu. Aussi sûr qu'il fait grand jour, si ton frère sait qu'il peut compter sur toi, il n'y aura plus de bornes à ses folies. Tu ne le corrigeras pas et ses créanciers ne te laisseront aucun repos. Donne-lui une leçon dès le début : *Ne paye pas ses dettes.* Ne m'accuse pas de dureté; je te dis cela pour votre bien à tous deux. Je ne me serais pas ruiné aux deux tiers si je n'avais pas prêté à tel et à tel quand ils ne le méritaient guère.

— Peut-être avez-vous raison, oncle Carrick, mais vous me permettez bien d'aider Winifred ?

Il faut absolument que je lui assure une rente suffisante pour qu'elle et ses enfants n'aient plus à souffrir; quatre à cinq mille francs par an, cela suffirait-il? Je la lui payerai par mois ou par trimestre, comme vous jugerez bon. Quant à Gérald, je crois que vous avez raison, il ne faut pas que je paye ses dettes, mais si je lui assurais une pension?

— Nous verrons, mon ami, je vais partir pour la ville et j'irai lui parler; c'est moi qui me charge de l'aider pour cette fois; d'ailleurs il a grand besoin d'une leçon, je voudrais l'amener à écrire quelques articles pour se tirer de là; on le paye bien et il doit tirer parti des talents qu'il possède. Quant à toi, qu'il soit bien entendu que l'arriéré de Gérald ne te regarde en aucune manière.

Qu'aurait dit Gérald s'il avait pu entendre cette conversation? Espérons pour lui qu'il n'aurait pas porté jusqu'à la haine les sentiments peu charitables qu'il nourrissait déjà dans son cœur contre son frère et contre tous les siens.

CONCLUSION.

Dans ce même salon où Bede Greatorex avait donné à son père les détails qu'il désirait sur la triste fin de John Ollivera, devant ces meubles élégants, témoins des peines et des joies de la famille, se trouvait M. Greatorex, vêtu de deuil, pâle et plongé dans une sombre rêverie. Il était seul dans cette grande maison, personne n'était auprès de lui pour le consoler dans son affliction. Bede venait de mourir. Après avoir erré de lieu en lieu, il avait dû s'arrêter dans une ville du midi de la France où se trouvait une petite congrégation anglaise et un ministre du culte anglican. Louisa avait murmuré plus

15.

d'une fois parce qu'elle n'avait à sa portée aucun des bruyants plaisirs dont elle ne savait pas
se priver; mais son mari sentait qu'il ne lui
restait que peu de jours à vivre et il voulait les
passer loin du bruit. Il mourut au mois de juin,
laissant Louisa dans la plus entière dépendance
de M. Greatorex, car elle ne possédait rien en
propre et elle avait ruiné son mari.

Dès que M. Greatorex apprit la mort de son
fils, il fit partir Winter, auquel il confia ses directions; il lui ordonna de déclarer à sa belle-
fille qu'elle recevrait régulièrement une pension de cinq mille francs, et il lui recommanda de faire graver sur la tombe de Bede
l'inscription suivante qu'il dicta lui-même, le
cœur navré de douleur :

BEDE GREATOREX
âgé de 35 ans

VENEZ A MOI VOUS TOUS QUI ÊTES TRAVAILLÉS ET CHARGÉS,
ET JE VOUS SOULAGERAI.

Sa mission accomplie, Winter revint à Londres où l'attendait une situation des plus avantageuses. M. Greatorex avait depuis longtemps
constaté le mérite de son premier commis, un

mot de son fils le détermina à mettre Winter à
la tête de sa maison. — « Il m'a rendu un service dont je puis seul mesurer la portée, avait
écrit Bede dans sa dernière lettre, son dévoue-
ment et sa fidélité sont au-dessus de tout éloge;
récompensez-le, mon père, vous n'aurez pas lieu
de vous en repentir. »

Bede n'en disait pas plus, mais M. Greatorex
avait la clef de ce terrible mystère, il connaissait
la cause du chagrin rongeur qui avait lentement
conduit Bede au tombeau, il appréciait à sa juste
valeur le service que Winter lui avait rendu.
Qui pourrait dire de quelles affreuses angoisses
avait été accompagnée la découverte de ce fatal
secret! Avec quelle amertume le vieillard repassait dans son esprit les détails qu'il venait d'apprendre, avec quelle lenteur se traînaient les
longues heures de ses soirées solitaires.

— Pouvez - vous recevoir une visite, monsieur? demanda le domestique en entr'ouvrant
la porte.

— Non certes, répondit M. Greatorex en tressaillant; dites que je n'y suis pour personne.

— Ai-je dit à monsieur que c'est sir Roland et
lady Yorke?

— Oh ! je veux les voir, faites-les vite monter !

M. Greatorex courut au-devant du jeune ménage, et ce fut avec une véritable joie qu'il tendit les bras à Annabel et l'embrassa paternellement, la recevant non comme lady Yorke, mais comme si elle eût été encore la modeste jeune fille qui naguère accomplissait avec tant d'abnégation une tâche difficile auprès de Jeanne Greatorex.

Aussi simples l'un et l'autre que si aucune splendeur inattendue ne fût venue les surprendre pendant qu'ils travaillaient honorablement pour s'assurer le nécessaire, Annabel et Roland n'étaient changés en rien, et leur présence réjouit le bon M. Greatorex.

— Nous ne sommes en ville que pour vingt-quatre heures, dit Roland enchanté; nous ne nous arrêtons que pour voir nos vieux amis; ils sont bientôt comptés : vous, monsieur, et Mme J. Nous arrivons d'Irlande et nous irons demain à Beau-Soleil.

— Est-ce là que vous comptez vous établir ? En ce cas, vous ne serez pas tentés de donner dans le luxe et vos dettes nous donneront moins d'embarras que celles de vos prédécesseurs.

— Les dettes! laissons cela à Gérald. J'ai promis au pauvre Dick que je n'abuserais pas de son héritage, j'en ai dit autant à Albert, vous comprenez que je ne peux pas leur manquer de parole. D'ailleurs je ne comprends pas ce plaisir.

— Vous avez raison. Ma banque seule perd à ce marché, les dettes des Yorkes ont été de tout temps une source de transactions avantageuses pour notre maison.

Roland prit la chose au sérieux et fut tout désolé.

— Mon cher monsieur, cria-t-il, que je suis fâché! Comment donc faire? Chaque année vous recevrez un beau cadeau comme dédommagement, un bel encrier en or massif, ou quelque chose dans ce genre.

M. Greatorex souriait et ne répondait pas. Roland redoubla de volubilité.

— Voyez vous-même, mon cher monsieur, calculez, vous qui connaissez mieux que moi mes revenus : il est impossible que notre ménage absorbe une telle somme, il faudrait pour cela mener un train qui plairait aussi peu à

Annabel qu'à moi. Notre plan est fait : nous
vivrons modestement et nous soulagerons tous
ceux qui en ont besoin ; nous n'en manquerons
pas même sans sortir de la famille. En vérité,
monsieur, nous ne pouvons pas nous endetter et
j'en suis fâché à cause de vous.

— Ne regrettez rien, dit M. Greatorex en
posant la main sur l'épaule de Roland ; laissez-
moi cependant vous demander une faveur à
titre de dédommagement : Je connais Beau-
Soleil et ses jolies fleurs, laissez-moi venir me
reposer auprès de vous pendant une semaine à
l'époque où le jardin est tout embaumé de
roses.

— C'est entendu ! cria Roland en frappant
joyeusement dans ses mains, vous viendrez tous
les ans avec la première violette et vous ne re-
partirez que lorsqu'il n'y aura plus une seule
fleur au jardin ; quand nous vous tiendrons vous
ne nous échapperez pas.

— Et vous nous mènerez la petite Jeanne,
dit à son tour Annabel, elle m'écrit de jolies
lettres et semble ne pas s'ennuyer à la pension.
Vous nous permettrez bien de la prendre chez
nous aux vacances de Noël?

— Nous inviterons aussi la petite Ella et les filles de Winifred, dit Roland. Nous leur ferons un arbre de Noël comme on n'en voit pas, nous ferons venir des bonbons et des joujoux à leur tourner la tête et nous les amuserons de notre mieux. Nous aimons tant les enfants !

— Dieu veuille vous en donner qui vous ressemblent et fassent votre joie, dit M. Greatorex avec une vive émotion ; Dieu veuille que vos enfants soient le rayon de soleil de votre jeunesse et la couronne de vos cheveux blancs ! Ah ! de tous les chagrins qui assaillent notre vie, le plus amer c'est celui d'un père qui voit son enfant s'éloigner du droit chemin ! De telles larmes brûlent le cœur.

Roland tressaillit, ces paroles lui causèrent une étrange sensation ; bientôt il dit d'un ton doux et sérieux :

— Si Dieu nous donne des enfants, monsieur, nous les élèverons de notre mieux. Annabel les élèvera à merveille, c'est sûr, et je tâcherai de ne pas gâter son ouvrage. Je crains de n'avoir pas reçu moi-même une trop bonne éducation, je me disais l'autre jour... Oh ! pardon, Annabel !

Ces derniers mots répondaient à un regard
de sa femme qui se permettait d'arrêter ainsi
ses trop faciles communications. Elle se tourna
vers M. Greatorex et lui témoigna, avec autant
de délicatesse que d'affection, sa sympathie pour
le coup dont il venait d'être frappé.

— Je ne puis pas pleurer sur la mort de
Bede, dit-il en la remerciant, sa vie était si
triste et si agitée que je ne puis songer qu'au
repos dont il jouit. Il était encore jeune, c'est
vrai, mais le voilà au but, et je n'en suis pas
loin, puis-je regretter que ses affreuses angoisses aient pris fin pour toujours?

— Dire qu'aucun médecin n'a pu le guérir!
reprit vivement Roland; quand je vois votre
fils Bede, Dick Yorke et ce bon Albert emportés
si jeunes sans qu'on ait pu même les soulager,
je perds toute confiance en la médecine.

La conversation fut interrompue par le domestique qui se précipita tout effaré dans le salon.

— Monsieur, dit-il, que faut-il faire? voilà
Mme Bede. Elle arrive avec une femme de
chambre française et une douzaine de colis!

Avant que M. Greatorex fût revenu de sa
surprise, une robe de soie glissa sur le parquet,

et Louisa parut, aussi peu en deuil que possible, coquette même dans ce premier mois de veuvage : elle aurait pu poser pour un journal de modes avec sa robe traînante et ses cheveux fantastiquement ébouriffés. Sans égard pour la surprise et la douleur de son beau-père, elle s'avançait d'un air dégagé, lorsque ses regards tombèrent sur Annabel.

— *Vous* ici ! dit-elle, j'espérais que la maison était débarrassée de votre présence.

— C'est à ma femme que vous parlez, à lady Yorke, répliqua Roland avec autant de hauteur que le comportait son bon naturel ; ne l'oubliez pas à l'avenir, Mme Greatorex !

Louisa parut stupéfaite. Elle avait appris à l'étranger que Roland était devenu un homme d'importance, mais elle ignorait son mariage avec cette humble institutrice qu'elle avait martyrisée à son gré. Ses manières furent transformées comme par magie ; avec une aisance et un semblant d'effusion qui auraient donné le change à bien des gens, elle s'approcha de lady Yorke et la baisa au front.

— Ah ! chère Annabel, que de changements ! s'écria-t-elle. Qui m'aurait dit, lorsque je suis

partie, qu'en retournant en Angleterre, je vous
retrouverais richement mariée et que je serais
moi-même une pauvre veuve ?

M. Greatorex se leva d'un air impatient; il
avait hâte de ne plus voir devant ses yeux la
femme qui avait fait le malheur de son fils. Elle
ne le laissa pas parler; elle se mit à raconter le
rapide déclin de Bede, dont la mort lui semblait
être une injure personnelle.

— Il aurait pu guérir s'il avait voulu, répé-
tait-elle sans cesse, il s'est laissé emporter par
un malaise sans nom ; il dépérissait sans cause
et s'est éteint sans maladie.

— Pauvre Bede ! dit Roland avec sympathie.

— Ce malheur est très-grand pour moi, reprit
sèchement Louisa dans son incurable égoïsme ;
voyez dans quel état de fortune il me laisse !

Personne ne dit un mot, Louisa continua.

— Ma chambre est-elle prête ?

— Venez un instant avec moi, dit M. Greatorex à qui cette entrevue coûtait horriblement,
et vous, mon cher Roland, je vous supplie de ne
pas vous en aller et de m'attendre ici avec votre
femme.

La porte se referma ; le vieillard tomba dans

un fauteuil, anéanti par l'émotion, mais il
réunit ses forces, car il était bien décidé à
bannir Louisa de chez lui à tout jamais. Lentement, avec effort, il lui dit que tout son passé
lui était connu et qu'après avoir abreuvé d'a-
mertume l'époux qui reposait en pays étranger,
elle ne pouvait plus regarder la maison de son
beau-père comme la sienne Il ajouta que Frank,
son plus jeune fils, allait venir s'établir chez lui
avec sa jeune femme et que pour elle, elle devait
aller à Boulogne auprès de sa mère, où la pension qui lui serait régulièrement payée lui
permettrait de vivre sans privations.

Ce fut comme un arrêt de mort pour Louisa :
vivre sans réceptions brillantes chez elle, sans
spectacles, sans changer dix fois le jour de toilette, autant valait entrer au couvent ! Elle
essaya de lutter, M. Greatorex fut inébranlable ;
sans colère, mais avec fermeté, il prit la main de
sa belle-fille et la conduisit vers la voiture qui
l'attendait à la porte, ordonnant au vieux
domestique de l'accompagner jusqu'à l'hôtel
qu'elle désignerait. Que n'aurait-elle pas donné,
lorsqu'elle se vit ainsi renvoyée, pour rester au
milieu du confort et de l'abondance qu'elle avait

si fort méprisés alors qu'un hôtel dans Hyde-
Park lui paraissait seul digne d'elle !

M. Greatorex retourna auprès de ses amis.

— Louisa est partie, leur dit-il, laissez-moi
me reposer avec vous. Lady Yorke va ôter son
chapeau et elle aura la bonté de nous servir le thé
comme elle le faisait quand elle n'était que mon
aimable petite amie, la bonne Annabel Channing.
Pauvre vieillard, comme une heure de tranquillité et de conversation intime devait soulager son cœur brisé ! Lorsqu'il était seul, ses
pensées revenaient sans cesse vers ce fils qui,
depuis tant d'années, lui donnait de constantes
préoccupations. Bede s'était montré bizarre,
mystérieux, sombre ; parfois son manque de
confiance avait blessé M. Greatorex, mais
il connaissait maintenant les maux cruels que
son malheureux fils avait attirés sur sa tête en
cédant aux passions tumultueuses qui gron-
daient sous son extérieur froid et réservé. Chez
Bede tout était violent ; dès qu'il eut rencontré
Louisa, durant un court séjour à Helstonleigh,
il fut séduit, moins encore par sa beauté que
par ses manières piquantes et par l'originalité de
sa conversation ; dès le premier moment il

l'aima avec ardeur et lui déclara sans tarder ses sentiments. Louisa l'écouta fort attentivement : elle était égoïste et ambitieuse ; elle soupirait après une vie de plaisirs que sa position de fortune ne lui permettait pas de goûter, elle eut bientôt fait ses réflexions. Bede lui déplaisait, mais il était riche, bien posé à Londres, reçu dans la haute société, cela lui suffisait ; elle promit solennellement de devenir sa femme, lui demandant toutefois de tenir leur engagement secret jusqu'au jour où elle lui permettrait de le révéler.

Enivré d'espérance, Bede retourna à Londres, enfermant son joyeux secret dans son cœur.

John Ollivera vint à son tour à Helstonleigh et fut, comme Bede, admis chez Mme Joliffe. Louisa lui plut et, cette fois, l'attachement devait être réciproque. John fut aimé pour lui-même et il partit emportant les mêmes serments qu'avait déjà reçus son cousin.

Restée seule, Louisa réfléchit sur sa situation ; elle aimait Ollivera, Bede lui était antipathique, l'un était un pauvre avocat, l'autre avait une brillante fortune : tous deux lui rappelaient ses promesses et en demandaient

l'accomplissement, il fallait choisir. Miss Joliffe
eut bientôt trouvé un indigne compromis entre
son ambition, son amour et sa conscience : elle
laissa subsister les deux engagements, continua
sa double correspondance et remit à plus tard le
soin de décider si la fortune sans amour valait
mieux que l'amour uni à la misère.

Bede reparut à Helstonleigh et se vit accueilli
comme un fiancé impatiemment attendu ; mais
quelle fut la terreur de miss Joliffe lorsqu'elle
apprit le même soir l'arrivée de John Ollivera !
Elle passa la nuit entière dans une grande
inquiétude, cherchant à se tracer une ligne de
conduite pour le cas, fort probable, où les deux
cousins, intimement liés, vivant comme deux
frères, se confieraient réciproquement leur
secret. Elle était encore dans les transes, redou-
tant également la présence des deux jeunes gens
ou leur départ précipité, lorsque dès l'aube le
bruit courut dans la ville que John Ollivera
avait été assassiné.

La première émotion de Louisa fut terrible ;
elle pressentit qu'elle était la cause du crime et,
songeant au sang espagnol qui coulait dans les
veines de John et de son cousin, elle devina que

la plus violente scène avait dû avoir lieu entre eux. Pendant plusieurs jours elle fut comme atterrée; mais bientôt elle se calma, redevint plus ambitieuse et plus froide que jamais, et lorsque, quelques mois plus tard, Bede demanda officiellement sa main, son consentement ne se fit pas attendre.

Sa conscience endurcie ne lui dit jamais qu'elle avait eu des torts impardonnables, que Bede, en songeant encore à elle après avoir eu connaissance de son engagement avec M. Olli-vera, avait fait preuve d'un véritable dévoue-ment, d'une rare délicatesse. Jamais il ne laissa tomber sur elle un regard mécontent, jamais un mot de reproche ne vint la faire rougir de son égoïsme, de ses caprices, de ses boutades d'en-fant gâté. Bede fut malheureux avec la femme qu'il avait choisie, mais il ne se plaignit ja-mais, parce qu'en dépit de tous les défauts de Louisa, il l'aimait fidèlement. Ah! si un réveil se fait un jour dans ce cœur endurci, si cette conscience endormie revient, à la lumière du remords, sur sa légèreté coupable, sur son amour pour les plaisirs, sur la manière dont le bonheur de Bede a été compromis entre ses mains, quels seront les tourments de Louisa !

Elle n'aurait pas pu, sans doute, effacer les traces qu'un irréparable malheur gravait chaque jour plus profondément dans l'âme torturée de Bede; mais combien les derniers moments de cet infortuné jeune homme eussent été moins amers si la femme qu'il avait tant aimée l'eût entouré d'affection et de regrets ! Pour lui, il n'y avait plus de repos en ce monde, il le savait, et ce fut avec l'ardent désir de voir s'éteindre une vie abreuvée de douleurs que Bede accueillit les symptômes avant-coureurs de sa fin et qu'il traça la lettre suivante, sombre et dernière confession qui fit frissonner d'horreur et de pitié ceux auxquels elle était destinée. Le juge Kene la reçut le jour même où Bede Greatorex était déposé dans le modeste cimetière de la ville lointaine où il avait rendu le dernier soupir.

Mon cher ami,

Vous savez déjà une partie de mon fatal secret, je vous dirai la vérité tout entière; vous avez été pour moi plein de compassion et de bonté, je vous demande un dernier service : communiquez cette lettre à Henry Ollivera.

Je dirai tout sans omettre un seul détail.

Le jour où je fus envoyé à Helstonleigh pour suivre l'affaire de notre maison, j'étais déjà fiancé avec miss Joliffe, que j'aimais au delà de toute mesure. Elle avait exigé que notre engagement fût tenu secret et je m'étais conformé à ses désirs. En arrivant, je courus chez John Ollivera ; après lui avoir transmis les explications de mon père, je restai à causer intimement avec lui et, dans la conversation, je dis que je comptais passer la soirée chez Mme Joliffe. Il sourit et dit qu'il en ferait peut-être autant. Un mot en amena un autre et, dans son affection pour moi, il retrouva la confiance que nous avions autrefois l'un pour l'autre et m'avoua qu'il était fiancé avec Louisa. Je crus d'abord qu'il plaisantait; mon air incrédule l'offensa ; sa persistance à soutenir ce qu'il avançait me mit hors de moi. Il dit qu'il avait des lettres ; j'en aurais eu aussi à lui montrer. Nous fûmes bientôt aussi irrités l'un que l'autre, chacun de nous voyait dans son rival un menteur effronté. Deux tigres rivaux n'auraient pas été plus terribles que nous l'étions en ce moment. Aucun de nous n'accusait Louisa de parjure et, sûrs d'avoir reçu ses serments, sûrs de posséder des lettres d'elle et de n'attendre que son bon plaisir pour proclamer notre secret, nous nous accablions d'injures, nous nous insultions sans même comprendre la portée de nos paroles.

Vous me connaissez dès l'enfance, Kene, vous avez pu voir quelquefois les épouvantables colères auxquelles j'étais enclin et que ma mère mettait tous ses soins à faire disparaître en moi; ce soir-là j'étais presque fou, une véritable tempête grondait au fond de mon cœur. Blessé dans mon amour, ivre de rage, je perdis la tête et, sans savoir ce que je faisais, je répondis à une insulte réelle ou imaginaire en brandissant le pistolet qui se trouvait sur la table de John.

Devant Dieu qui m'entend et qui dès demain peut-être me demandera compte de ma vie tout entière, je jure que je n'avais aucune idée du crime que j'allais commettre. Je n'avais pas le soupçon que le pistolet était chargé, peut-être même ne savais-je pas que je saisissais une arme. J'entendis à la fois la détonation et le cri terrible de John. Que devins-je quand je le vis tomber !

Mon cri d'horreur suivit celui que lui arracha le coup mortel. Avant que j'eusse conscience de ce qui était arrivé, il gisait sans mouvement et sans vie.

Entièrement revenu à moi-même, je restai consterné, sans pouvoir m'approcher de lui pour voir s'il respirait encore. Pourquoi n'ai-je pas appelé au secours ? Pourquoi n'ai-je pas tout révélé sur-le-champ ? Avec quelle amertume je me suis reproché jour après jour mon lâche silence et les conséquences qu'il a entraînées ! Mon unique sentiment fut de fuir. J'ouvris la porte, j'écoutai, je n'entendis aucun bruit et je sortis en tremblant. Un homme était sur l'escalier ; nos regards se rencontrèrent, ses yeux brillaient d'un feu étrange sous une épaisse chevelure noire. Depuis lors ces yeux m'ont toujours poursuivi ; lorsque Brown entra chez nous, bien qu'il fût entièrement changé, n'ayant plus son déguisement, j'éprouvai une singulière émotion. Mon ami je n'ai pas besoin de revenir sur tout ce que je dois à cet homme ; il m'avait reconnu et il n'en a rien dit ; il est resté sous le poids d'une

accusation injuste et il a retardé le moment de
prouver son innocence plutôt que de me nuire :
un mot, un seul, pouvait changer son sort et,
par égard pour moi, il ne l'a pas prononcé. Il a
vu mon désespoir, il m'a aidé en tout, il a
cherché sans bruit, avec une compassion au-
dessus de tout éloge, à alléger mon lourd fardeau. Que mon père l'en récompense, c'est là
mon dernier vœu.

Brown pourrait vous dire avec quelle fixité
nous nous regardâmes, nous étions pétrifiés l'un
et l'autre. Je rentrai dans la chambre et fermai
la porte sur moi. Peut-être est-ce cette rencontre qui me détermina à tout tenter pour
détourner de moi les soupçons. J'agissais comme
dans un rêve. Je pris le pistolet et le mis par
terre près de John, comme s'il l'eût laissé lui-
même tomber, puis, voyant sur la table la lettre
commencée, je pris la plume et j'ajoutai une
ligne sans savoir ce que j'écrivais. Il me
semblait qu'une puissance étrangère conduisait
ma main malgré moi. J'éteignis la lampe, pourquoi? je l'ignore, et, me sentant terrifié dans
les ténèbres, je m'enfuis en prononçant quelques paroles comme si j'eusse parlé à John.

Dès cet instant a commencé pour moi un rôle aussi odieux que pénible, celui d'un coupable qui veut passer pour innocent et craint chaque jour d'être découvert.

Je courus à l'hôtel, je bus un peu d'eau-de-vie et j'allai chez Mme Joliffe. Je ne sais comment j'ai pu ne pas me trahir. Je causai avec Louisa, ses paroles me laissèrent croire que John s'était vanté sans sujet ou tout au moins s'était fait d'étranges illusions. En sortant de chez Mme Joliffe je vous rencontrai ; vous souvenez-vous qu'en passant devant la maison où gisait le malheureux John, vous m'avez proposé d'entrer chez lui ?

Quelle nuit horrible je passai ! Partout, jusque dans la flamme du foyer, dans les glaces offertes chez Mme Joliffe, sur les murs de ma chambre d'hôtel, je croyais voir les traits inanimés de mon cousin. Dès que j'eus éteint ma lumière il me sembla que là, dans les ténèbres, il était étendu, pâle et roide, comme je l'avais laissé. L'obscurité m'épouvantait, mais je n'osais pas rallumer ma bougie, il me semblait que cela seul devait témoigner contre moi.

Vous savez tout, il ne me reste qu'un fait à

16.

signaler : en mettant en ordre les papiers du pauvre John, je trouvai des lettres de Louisa. Elle lui promettait cet amour et cette fidélité qu'elle m'avait promis à moi-même. John n'avait pas menti, Louisa nous trahissait tous les deux!

Kene, le récit que je vous fais est exact, jour après jour; je suis trop cruellement revenu sur ces scènes de désespoir pour qu'il m'en ait échappé un seul détail.

Quel a été mon martyre depuis ce moment, nul ne pourrait s'en faire une juste idée; il s'est accru du jour où je conduisis à l'autel celle qui m'avait trompé. Pourquoi l'ai-je épousée? Ah! c'est là mon second péché et, à mes yeux, il est aussi grave que mon crime. Mon ami, me croirez-vous quand je vous dirai que ma passion n'a pas pu être anéantie par la certitude que Louisa n'aimait en moi que ma fortune? J'ai cherché à l'oublier; pendant près d'un an je mis tout en œuvre pour éloigner son souvenir et je croyais y être arrivé. Je revis miss Joliffe, mon amour revint plus violent que jamais et je ne pus le maîtriser. Je l'aime encore, et j'ai cherché à la rendre heureuse en satisfaisant tous ses désirs.

Voilà l'histoire de ma jeunesse : désenchante-
ments, terreurs, honte, remords sans cesse re-
naissants, regrets amers pour mon meilleur ami,
mort de ma propre main à la fleur de son âge, au
moment où la vie s'ouvrait riante devant lui !
Parfois je me sentais près d'avouer mon crime.
Je fus d'abord arrêté par la pensée de ma mère ;
elle se mourait, mon aveu aurait précipité sa
fin. Quand je l'eus perdue, le temps s'était
écoulé, le courage me manqua. Depuis je me
suis senti mourir et toutes mes pensées ont été
concentrées dans ce Pardon que j'avais soif
d'obtenir. J'ai péché, mon péché m'a atteint,
mais Dieu sait avec quelle ardeur je cherche sa
grâce.

Adieu, Kene, dès que vous apprendrez ma
mort, — et ce sera sans doute peu après avoir
reçu cette lettre, — allez trouver Henri Ollivera et montrez-lui ce que je vous écris. Allez
aussi chez mon père. Je crois qu'il soupçonne
une partie de la vérité, dites-lui tout et cherchez à le consoler. La fin est moins pénible que
je ne l'avais cru ; je sens l'efficace du sacrifice
expiatoire qui efface tous les crimes, je vois la
main du Crucifié étendue entre mon péché et

mon juge, la figure céleste du Rédempteur brille sur mes derniers jours et en adoùcit les terreurs.

Adieu, Kene, vous avez été pour moi un ami fidèle, que Dieu vous en récompense.

BEDE GREATOREX.

• . . . .

Quand Henri Ollivera eut fini de lire cette lettre, il pencha sa tête sur sa main et resta longtemps absorbé dans ses pensées. M. Kene rompit le silence.

— Prendrez-vous quelques dispositions au sujet de la tombe de votre frère ? dit-il.

— Non, répondit Henri d'une voix émue ; j'ai lu et prié auprès de lui, cela suffit. Sa mémoire est enfin justifiée, mais que Dieu ait pitié de nous, mon cher ami, car nous sommes tous de grands pécheurs !

FIN.

TABLE DES MATIÈRES

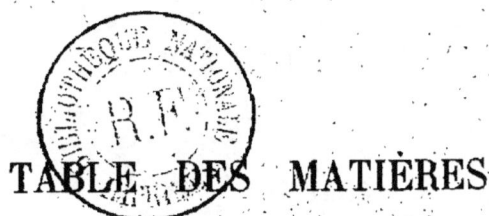

CHAPITRE XIX.

Pages.

Les plaisirs de l'automne. 1

CHAPITRE XX.

Arthur et Roland 15

CHAPITRE XXI.

Disparu. 31

CHAPITRE XXII.

Ici et là. 41

CHAPITRE XXIII.

Nouveaux soupçons. 51

CHAPITRE XXIV.

La maison Galloway prise d'assaut. 69

CHAPITRE XXV.

Pages.

Dans les cloîtres. 87

CHAPITRE XXVI.

Entrevue secrète. 107

CHAPITRE XXVII.

L'affaire se complique. 125

CHAPITRE XXVIII.

Les menaces de Butterby. 129

CHAPITRE XXIX.

L'ombre du soir. 137

CHAPITRE XXX.

Une partie de chasse. 155

CHAPITRE XXXI.

Gotfrey Pitman, Winter ou Brown? 171

CHAPITRE XXXII.

Le récit de Gotfrey Pitman. 185

CHAPITRE XXXIII.

L'ennemi caché. 197

CHAPITRE XXXIV.

Dépêche télégraphique. 215

CHAPITRE XXXV.

Pages.

Un double deuil. 235

CHAPITRE XXXVI.

Rêves réalisés. 247

CONCLUSION. 261

FIN DE LA TABLE DES MATIÈRES DU TOME SECOND.

Saint-Denis. — Typographie de A. MOULIN.

GRASSART, LIBRAIRE-ÉDITEUR

2, RUE DE LA PAIX, 2

ABRIC-ENCONTRE (Mme). LES CHANNING, par Mrs Wood, traduit de l'anglais, 2 vol. in-12............... 6 fr.

WITT, née Guizot (Mme de). CITADINS ET CAMPAGNARDS, in-12........... 2 fr.
— RICHES ET PAUVRES, in-12..... 2 fr.
— LE LIVRE D'OR, BELLES ACTIONS D'AUTREFOIS, traduit de l'anglais, in-12. 3 fr.
— LE LIVRE D'OR, BELLES ACTIONS DES TEMPS MODERNES, traduit de l'anglais, in-12.................... 3 fr.
— LA CRÉATION. Lettres d'un père à ses enfants, 6 gravures, trad. de l'anglais, in-12................... 4 fr. 50
— L'HISTOIRE SAINTE racontée aux enfants, in-12............ 3 fr. 50
— MINISTÈRE DE L'ENFANCE (nouvelles scènes du). Traduit de l'anglais, 2 vol. in-12................... 6 fr.
— RECUEIL DE POÉSIES pour les petits enfants, in-12............. 6 fr.

PELET DE LA LOZÈRE. LAFAYETTE en Amérique et en France, in-12... 2 fr.

ROUSSEL (Napoléon). A MES PETITS ENFANTS, in-12........... 1 fr. 50
— A MES GRANDS ENFANTS, in-12. 1 fr. 50
— A L'ÉCOLE DES FOURMIS. 1 vol. in-12................... 1 fr. 50
— LES ABEILLES. 1 vol. in-12.. 1 fr. 50
— LES PAPILLONS, in-12...... 1 fr. 50
— BIBLIOTHÈQUE COLORIÉE POUR LA JEUNESSE, 4 vol. in-12 carré, ornés chacun de 6 gravures coloriées tirées à part, reliés en percaline, titre doré sur le plat............ 12 fr.
Chaque volume se vend séparément :
    LES OISEAUX............ 3 fr.
    LES ANIMAUX............ 3 »
    LES CHAMPS............ 3 »
    LA BIBLE............ 3 »

DAVAINE (C.) LES ÉLÉMENTS DU BONHEUR, in-12................ 1 fr. 25

MADEMOISELLE MORI, traduit de l'anglais, 2 vol. in-12............ 6 fr.

JANIN (Mlle). TANTE MARGUERITE, in-12................ 3 fr. 50

JUHLIN (V.). SAIS-TU ? OUI. — RETIENS. NON. — APPRENDS. Recueil de poésies, in-12, cart................ 1 fr.

B.-D. (Mme). HISTOIRE DE FRANCE A L'USAGE DES ÉCOLES PROTESTANTES, in-12, avec 3 cartes coloriées..... 3 fr.

COURIARD (Mlle). AUTOUR DE LA LAMPE, in-12................ 2 fr.

SANDRAS (Mlle Marie). LES NOIX DORÉES de l'arbre de Noël, in-18, cartonné................ 1 fr. 25

LAMY (V.). QUELQUES HÉROS des luttes religieuses aux XVIe et XVIIe siècles, in-12................ 2 fr. 50

HUGUES (A.), L'OBSERVATOIRE ET SES MERVEILLES. Deux journées instructives et amusantes, in-12........ 3 fr.

WITT (Mme Cornélis de). LES PETITS BRINS DE FIL, ou Fil embrouillé, Fil d'argent et Fil d'or, trad. de l'anglais, in-12 avec 4 gravures.. 2 fr. 50

ROUSSEL (E.) LA PETITE SUZANNE, ses six anniversaires, ses serviteurs, ses maîtres, in-12 avec 4 grav... 3 fr.

MAY (E.-J.) LE PRIEURÉ DE DASHWOOD, in-12................ 3 fr. 50
— SAXELFORT, in-12......... 3 fr. 50

MULOCK UN HÉROS, traduit de l'anglais, par Mme Dionis, in-12........ 2 fr.
— UNE HÉROÏNE, traduit de l'anglais par Mme Dionis, in-12........ 2 fr.
— AIDE-TOI, LE CIEL T'AIDERA. — Cola Monti, traduit de l'anglais par Mme Dionis, in-12............ 2 fr.
— JOHN HALIFAX. Gentleman, 1 vol. in-12................ 6 fr.
— LE MARI D'AGATHE, in-12.... 3 fr.
— LE CHEF DE FAMILLE, in-12.. 3 fr. 50

PEYRAT (Mme Nap.). A TRAVERS LE MOYEN AGE, in-12............ 3 fr.

CAZALET (Adolphe). ESQUISSES LITTÉRAIRES et morales, précédées d'une étude par E. TALBOT, in-12... 4 fr.

SAINT-DENIS. — TYPOGRAPHIE A. MOULIN.

www.ingramcontent.com/pod-product-compliance
Lightning Source LLC
Chambersburg PA
CBHW071902020726
47502CB00003B/861